MISSION

オペレーション〈梟《ストリクス》〉

東西の平和を脅かす危険人物デズモンドを探る作戦。デズモンドに近づくには、名門イーデン校の懇親会に潜入しなければならない。

TARGET

ドノバン・デズモンド

オペレーション〈梟〉の標的。東国《オスタニア》の国家統一党総裁。

KEY PERSON

ダミアン・デズモンド

標的・デズモンドの次男。

フランキー

情報屋。

ユーリ・ブライア

ヨルの弟。秘密警察所属。

STORY

戦争を企てる東国の要人・デズモンドの計画を突き止める為、西国諜報員の〈黄昏〉は家族をつくり子供を名門イーデン校へ入学させるよう命じられる。だが偶然にも、彼が孤児院で引き取った"娘"は超能力者、利害が一致した"妻"は殺し屋だった!!

そうして、正体を隠し家族になった3人。あるとき爆弾犬を使っての西国大臣暗殺計画が発覚するが、予知能力をもった犬のおかげで無事阻止することに成功し、その犬「ボンド」を家族へと迎え入れることに。オペレーション<梟>もフォージャー家もようやく軌道に乗ってきたと思われたが、仮初《かりそめ》の平穏の前には幾多の困難が待ち受けていて——!!

SPY×FAMILY

家族の肖像

SPY×FAMILY《スパイファミリー》

家族の肖像

原作 遠藤達哉　小説 矢島綾

小説 JUMP j BOOKS

CHARACTER

SPY×
FAMILY

ロイド・フォージャー

続柄：夫

腕利きの精神科医。その正体は西国《ウェスタリス》の敏腕諜報員《エージェント》〈黄昏《たそがれ》〉で、百の顔を使い分ける。

ヨル・フォージャー

続柄：妻

市役所勤めの事務職員。凄腕の殺し屋〈いばら姫《ひめ》〉という裏の顔を持つ。

アーニャ・フォージャー

続柄：娘

名門イーデン校の1年生。とある組織の実験で生み出された心を読む超能力者。

ボンド・フォージャー

アーニャの遊び相手兼フォージャー家の番犬。元は軍事研究の実験体で予知能力を持つ。

NOVEL MISSION：1

「自然教室ですか？」

淹《い》れたてのココアをテーブルの上に置きながら、黒目がちの両目を瞬《しばたた》かせるヨルに、アーニャはココアを引き寄せ、こくりと肯《うなず》いてみせた。

「こんどのきんよー　くらすでやまにいく」

学校でもらってきた自然教室のしおりをわたす。

「フフ、うれしそうですね」

「アーニャ　おとまりはじめて」

「え？」

最初はニコニコしていたヨルだったが、お泊まりと聞くと、驚いた顔になった。

「泊まりがけなんですか？」「うぃ」

急に険しい顔になった彼女のその胸中——まさに声なき声が、アーニャの脳に直接、伝わってくる。

少女アーニャ・フォージャーは、とある組織によって作られた被験体〝007〟。至近距離にいる人間の心を読むことができる超能力者であった。

『アーニャさんはまだ六歳ですし、初めてのお泊まりが山ごもりというのは、ちょっとハードルが高すぎる気がします……獲物の獲り方や捌《さば》き方を教えておいた方がいいですね。もしもの時のために、クマの撃退方法も……』

心の声と共に届いたヨルの心の中のイメージ——巨大なクマの口に手をつっこんで舌を引っ張ったり、ナイフで鹿を仕留め、解体するヨルと、それを横で見学するトマト祭りに参加したかのような自分の姿にぎょっとしたアーニャは、人知れず冷や汗を流した。

（ははのきゃんぷ　だいぶ　ちがう）

アーニャが〝はは〟と呼ぶ——ヨル・フォージャーは、ここ東国《オスタニア》の首都バーリントの市役所で働くおっとりとした美人だが、実は〈いばら姫《ひめ》〉の暗号名《コードネーム》を持つ凄腕《すごうで》の殺し屋なので、想像が一々物騒なのが玉に瑕《きず》だ。

もちろん、殺し屋なだけあって死ぬほど強い。

「高機能のサバイバルナイフは必需品ですね……それに、獣捕獲用の太いロープも……縛り方も伝授しておいた方がいいですね」

あと、トラップも……と別人のように低い声でボソボソとつぶやくヨルに、

「自然教室といっても、さすがに自分で獣を狩るようなことはないと思いますよ？」

アーニャの左どなりの席で妻の淹れてくれたコーヒーを飲んでいた〝ちち〟――ロイド・フォージャーがやわらかく告げる。

「失礼、ヨルさん。しおり、見せてもらえますか？」「あ、はい」

バーリント総合病院の精神科に勤めるロイドは、相手の心を落ち着かせるよう常に穏やかにしゃべる……が、それもまた仮の姿で、その正体は東国と冷戦状態にある隣国・西国《ウェスタリス》から潜入している敏腕《びんわん》スパイだ。

暗号名は〈黄昏《たそがれ》〉。

因《ちな》みに、ロイドは妻が殺し屋だと知らず、ヨルも夫がスパイだとは知らない。

戸籍上、夫妻の一人娘ということになっているアーニャは、超能力者ゆえにそれぞれの正体を知っているが、夫妻は娘に人の心が読める能力があるなどとは思ってもいない。

尚《なお》、二人の結婚はまったくの偽装で、アーニャはどちらとも血が繋《つな》がっていないが、諸事情により、ヨルはアーニャをロイドと前妻の間の子供だと思っている。

一見、どこにでもあるようなフォージャー家は、ちょっとばかり複雑で、各々《おのおの》の秘密の上に仮初の平穏を保っている一家だった。

「期間は一泊二日。寝る場所は一応テントですが、中はベッドやテーブル、ソファーにラグ、ランプ、トイレや簡易シャワールームまであるみたいですね」

妻から受け取ったしおりを優雅にめくりながら、ロイドが告げる。

「まあ、今時のキャンプって、そんなものまであるんですか？」

「今時のというより、イーデン校ならではでしょう」

目を丸くするヨルにロイドが苦笑する。

アーニャの通うイーデン校は東国きっての名門校である。生徒は金持ちの子供ばかりだ。政財界の重鎮の子供も少なくない。

営利目的の誘拐など、よからぬことを企《たくら》む者たちから生徒を守るため、キャンプ場となる山林は学園所有のもの。しかも、クラスごとに日をずらして行うため、教師一人に対する生徒の数も少なく、もちろん、夜間の警備体制も万全だという。

「丁度、気候もいいですし、きっと良い骨休めになりますよ。座学で詰めこむばかりが、子供の教育ではありませんから」

と笑顔でキッチンへ向かった。

「それなら安心です」

そこまで説明され、ようやくヨルも安堵《あんど》したようだ。今、お茶菓子を持ってきますね、と笑顔でキッチンへ向かった。

「とはいえ――」

ロイドの視線が再びしおりに注がれ、それからアーニャに注がれる。

「飯盒炊爨《はんごうすいさん》や天体観測といった自然教室ならではのイベントはあるみたいだし、先生の言うことをよく聞いて、友達と仲良くやるんだぞ？　ケンカはなしだ」

「了　解《オーキードーキー》」

アーニャがびしっと敬礼の姿勢をとると、ロイドは「よし」と肯いてみせた。

「大自然の中で共に汗を流すことで、普段はケンカばかりだった級友と急速に打ち解けたりするのも、キャンプの醍醐味《だいごみ》だからな」

「うぃー」

「くれぐれも友達と仲良くやるんだぞ」

（ちち　おなじこと　にどいってる）

あくまでやさしい父親然としたロイドの笑顔の裏に、スパイとしての思惑がありありと透けて見える。

西国情報局対東課〈WISE《ワイズ》〉に所属するロイドの任務は、通称オペレーション〈梟《ストリクス》〉、東西の平和を脅かす危険人物——ドノバン・デズモンド国家統一党総裁の動向を監視することだ。用心深く滅多に人前に姿を見せないデズモンドと確実に接触するには、彼の子息たちが通うイーデン校の懇親会に、特待生の親として参加する必要がある。

それゆえ、孤児院にいたアーニャを養子にし、イーデン校に入学させたのだが、アーニャの成績はお世辞にも優秀とは言いがたい。

用意周到なロイドは、アーニャを特待生にする〝プランA〟——いわゆる正規ルート——が難渋した場合に備え、アーニャとデズモンドの次男ダミアンを仲良くさせ、家族ぐるみで親しくなる〝プランB〟も準備していたのだが、入学初日にアーニャがダミアンを殴って以来、こちらはこちらで難航している。

『これを機に、少しでもアーニャがダミアンと仲良くなってくれれば……』

ロイドの心の声と共に流れこんできたイメージ——共にキラキラとした笑顔で仲良くキャンプを楽しむダミアンと自分の姿——に思わず無表情になるも、

「ちち　まかせろ」

「ん？」

「アーニャ　なかよしがんばる」

そう宣言すると、ロイドの顔がパッと晴れやかになった。

「ああ！　いい子で、がんばるんだぞ」

『東西の平和はおまえにかかっているんだぞ』

「うぃ」

大好きなロイドに頼りにされ、俄然《がぜん》やる気になったアーニャは、ココアを飲み、ヨルが持ってきてくれたクッキーを食べながら『きゃんぷでなかよしだいさくせん』を考え出した。

アーニャ　きゃんぷのべんきょーする
←
じなん　アーニャを　そんけいする
←
『すげえ、アーニャさんはきゃんぷのたつじんだな。おれとともだちになって、こんど、ぜひおやとうちにあそびにきてくれ。みんなでいっしょにきゃんぷをしよう』

←ちちとじなんのいえにいく

←じなんのちちにあう

←『わがやへようこそ、ほーじゃーさん』

『はじめまして、ですもんどさん。せんそうはやめましょう』

←せかいへいわ

（かんぺきだ　アーニャ　じぶんのさいのうがこわい）

フッと笑ったアーニャが、己の緻密な計画に酔いしれながらココアを飲んでいると、一家の飼い犬であるボンドがやってきた。

もふもふの体をくっつけ、アーニャの持っているココアの匂いを嗅ぐと、

「ボフフ」

と吠《ほ》えた。ふわふわとした長い毛がくすぐったい。

「オイ、ココアは飲むなよ、ボンド。ココアに含まれる成分は犬のおまえには毒なんだからな」

ロイドが食いしん坊な飼い犬を窘《たしな》め、「今、ミルクを入れてやるから」と腰《こし》を上げると、ヨルが慌てて立ち上がった。

「あ、ロイドさん。でしたら、私が……」

「いいえ、それぐらいボクがやります。ヨルさんは座ってゆっくりしててください」

「いいえ、ロイドさんこそ休んでください。いつもお忙しいんですから」

妻を気遣う夫と夫を気遣う妻(ただし偽装)が、互いに遠慮しあいながらキッチンへ向かう。

その後ろに、ボンドがのそのそと続く。


『ちち』、『はは』、そしてボンド――。


ここは組織を逃げ出し、孤児院や里親の元を転々としたアーニャが、やっと手に入れた大切な居場所だった。

世界が平和になれば、ロイドもヨルもボンドも安心して暮らせる。

ずっとここで一緒にいられる。

(アーニャ　がんばる!)

ボンドに仲良くミルクをやっている両親の姿に、アーニャは胸の前で小さな両手をぐっと握りしめた。

◉

「諸君、本日から二日間の自然教室、イーデン校の生徒としてあくまでエレガントにのぞむように」

「はーい!」

1年3組の担任ヘンリー・ヘンダーソンの話を、ジャージ姿のクラスメイトたちは表向きこそ礼儀正しく聞いていたが、その心は目の前に広がる大自然に奪われていた。

『うわぁ、お花のいい匂い』

『あ、今、リスがいた！』

『風が気持ちいい〜』

『あれ、なんの実だろう？』

『鳥の鳴き声が聞こえる』


アーニャの頭に、クラスメイトたちのうれしそうな心の声がひっきりなしに届く。

アーニャ自身も青々と生い茂る草木や、都会では見られないような青く澄んだ空、見たこともない鳥や虫たちにくぎづけだった。

白く大きなテントの中は、ちちが言っていたように豪華だ。ふわふわのベッドやゆらゆら揺れるハンモックまである。

（わくわく）

初めてのキャンプに夢中になればなるほど、その頭の中から『きゃんぷでなかよしだいさくせん』が消えていく。

続いてテントの部屋割り、班分けが発表され、食材や調理道具などが配られた。3組は総勢二十九人。テントは一つを二人ないし三人で使用。それらのテントを二つずつ組み合わせたもので一班とされるため、四人の班が六つ、五人の班が一つという内訳である。

「いっしょのテントになれてよかったね。アーニャちゃん」

仲良しのベッキー・ブラックベルがうれしそうに声をかけてきた頃には、ほとんど作戦を忘れ去っていた。

「あたし、テントで食べるように超人気店のチョコレートもってきたのよ。包装が超こってて、かわいいいんだから」

「アーニャも　ぴーなつ　もってきた」

「ウフフ。夜はおやつ食べながら、コイバナね」

「コイバナ？」

聞きなれない言葉にアーニャがきょとんとしていると、ベッキーが片手で口を押さえ、にまにまと笑った。

そして、男子生徒の方を意味ありげに見やると、

「コイバナと言えば、アーニャちゃんやったじゃない。アイツと同じ班なんて、愛の力はイダイね」「？」

キャーッと盛り上がる友の視線の先には、ロイドの標的の息子が取り巻き二人に囲まれ、立っていた。

癖の強い黒髪《くろかみ》。子供ながらに気だるげな表情。

ダミアン・デズモンドである。

「なんだよ。こっち見んなよ。ブース」

アーニャの視線に気づいたダミアンが、こちらを睨《にら》んできた。

「また、おまえと同じ班かよ。ちんちくりん」

「まったく、なんの呪いなんですかね。ダミアンさま。ちんちくりんの呪い？」

「あんなバカといっしょとか、ついてないですよね。ホント」

（あいかわらず　じなんくそやろう　てしたもくそやろう）

カチンときたが、おかげですっかり失念していたミッションの存在を思い出す。

（でも　さくせんのためがまんする　アーニャってば　おねいさん）

アーニャは怒りを抑えると、ダミアンの顔を正面からじっと見つめた。

「な、なんだよ」

ダミアンがたじろぐ。

「なんか、文句あんのか。てめー。このド庶民が」

「アーニャ　おまえといっしょのはんになるってしってた」

「は？」

「！　アーニャちゃん、それって……」

アーニャの言葉にダミアンは訝《いぶか》しげに眉《まゆ》を寄せ、ベッキーは震える両手で自分の口を覆った。その大きな目はいつも以上にキラキラと輝いている。

「それって、二人の運命を信じてたってこと？　絶対、いっしょの班になれるって？　いやーん、アーニャちゃんってば、ロマンチック！」

「ろまんちっく？」

「『バーリント・ラブ』みたい。あたし、キュンとしちゃった！」

「キュン？」

本当は、教員室に忍びこんだロイドが班分けに細工したためなのだが、もちろんそれは言えない。

だが、ベッキーの言っていることもわけがわからなかった。唯一わかるのは、『バーリント・ラブ』が、友の夢中になっているドラマだということぐらいだ。

そんなアーニャを置き去りに、ベッキーが一人で盛り上がる。

「ダミアン《あいつ》にもきっとアーニャちゃんのケナゲな想《おも》いは、伝わってるわよ」

「は!?」

その途端、ダミアンが茹《ゆ》でダコのように真っ赤になった。

「ななな何言ってんだ!! こっちはおまえなんかといっしょの班にされて迷惑だ!! この短足! ドブス!! キモキモストーカー!! バーカバーカバァーカ!!」

(………やっぱり こいつなぐりたい)

さすがに我慢の限界に達したアーニャが、誰からも見えないように拳《こぶし》を握りしめていると、

「ノットエレガント」

「!!」

音もなく背後に立っていたヘンダーソンが静かにささやいた。

決して声を荒らげているわけではないのに、その場にいた全員が思わず直立不動の体勢をとるほど、威厳に満ちた声だった。

「デズモンド。相手に対するその侮辱的な発言は紳士的な行いかね」

「くっ……」

ヘンダーソンに一瞥《いちべつ》され、ダミアンが悔しそうにうめく。

『くそ……また、こいつのせいで叱《しか》られた……このちんちくりんにかかわるとホント、ろくなことがねー……くそくそっ……こいつは疫病神だ』

（！　アーニャ　やくびょうがみ!?）

ダミアンの心を読んだアーニャがショックを受ける。

しゅんとなるアーニャと納得していない様子のダミアンに、ヘンダーソンが真っ白な髭《ひげ》の下でふうっとため息を吐《つ》く。

『きゃんぷでなかよしだいさくせん』は、早くも暗礁に乗り上げていた。

◉

「いいか？　おまえら、絶対にオレの足を引っぱるなよ！」

各班に配られた食材と調理器具を前に、ダミアンが偉そうに命じる。

晩ご飯は学校お抱えのシェフによる星空ディナーが予定されているが、お昼は班ごとの飯盒炊爨だ。

『たかが自然教室といえど、授業は授業だ。こいつらのせいで内申点が下がるようなことがあったら、星《ステラ》が遠ざかるからな。デズモンドの人間はどんな時だって一番じゃなきゃならないんだ』

ダミアンの心の中は相変わらず、星――八つ獲得することで特待生になれる褒章――でいっぱいだ。因みに、星と対になる雷《トニト》と呼ばれる罰則もあり、こちらは八つで退学となる。

「どこの班よりもすげえ昼ご飯を作るぞ！」

「この材料だと、一番簡単に作れるのはポトフね」

ベッキーが食材の入った麻袋をのぞきこむ。

「ぽろふ」

「ポトフよ。ただ切って水と一緒に煮こんで、塩とコショーで味つけるだけだから」

「アーニャ　こしょー　にがて」

「ホント、ガキっぽいわね。アーニャちゃんってば。なら、コショーは入れないであげる」

「やたー」

「じゃあ、あたしが野菜の皮をむくから、アーニャちゃんは……」

「勝手に話をすすめるな！」

女子二人に無視された形になったダミアンが、真っ赤になって怒鳴る。

「何よ、もう。うるさいわね」

「何、勝手に決めてんだよ！　おまえらに任せてやるのは、せいぜい水くみや薪《たきぎ》集めだ。ホラ、とっとと行って来い」

どこまでも尊大に命じるダミアンに、すかさず取り巻きの二人——ユーインとエミールが追従する。因みに、面長の方がユーイン、丸顔出っ歯の方がエミールである。

「そうだそうだ。どうせ、おまえらなんか、自分で火を熾《お》こしたこともねえだろ」

「役立たずなのはもうわかってるから、オレたちのジャマだけはすんなよな」

「何よ、あんたたちだって、そんなケーケンなんてないでしょ？」

ベッキーがうんざり顔で反論すると、何故《なぜ》か三人の少年たちは得意げな顔でフフンと笑った。

「な……何よ、気持ち悪い」

「オレたちは元海兵大隊のグリーン先生に、野外学習につれてってもらったことがあんだぜ。火熾こしなんて軽い軽い」

「ですよね。ダミアンさま」

「ああ」

おもねる手下二人に、ダミアンが偉そうに胸をそらせる。

「ボートで川下りをしたこともあるんだぜ。げきりゅうの中をボートでかけぬけましたよね、ダミアンさま」

「ああ」

これまた偉そうに答えるが、咄嗟《とっさ》にダミアンの頭に過《よぎ》った記憶の中で彼は、川に落ちてみっともなく騒いでいた。

（じなん　かっこわるい）

思わずフッと笑ったアーニャだったが、一方で、川をボートで駆けぬけるという楽しげな行為にわくわくする。

「アーニャも　ぼーとのりたい」

そう言うと、ダミアンが鼻で笑った。

「おまえみたいな短足女が川下りなんてできるわけねーだろ。ボートから落ちて終わりだ。バーカ」

「!!」

「ちょっと、いくらなんでもひどすぎるわよ。足の短さはボート漕《こ》ぐのに関係ないでしょ」

「!?　たんそくひていしない!?」

ベッキーの微妙なフォローに、むしろ、ガーンと落ちこんだアーニャだったが、

「………じなんも　かわにおちたくせに」

ボソリと反撃する。

ぎょっとしたダミアンが一気に真っ赤になる。

「な、なんでおまえがそれを……」

「『うわぁー　たすけろ!!　おれはでずもんどけじなんだぞー!!　がぼぼ　がぼぼ　ハァ　ハァ』」

アーニャが意地悪く、その時のダミアンの様子を実演してみせる。

「なにそれ。マジで落ちたの？　ださぁ～」

ベッキーが哀れみを込めた眼差《まなざ》しをダミアンへ送る。

「っ……」

うろたえたダミアンが、手下二人をギロリと睨む。

「まさか、おまえら……」

「い、言ってないですよ!?　オレら」

「言うわけないじゃないすか！　こいつ、テキトーなこと言ってんですよ!!」

頭がもげるほど首を横へ振ってみせる忠実な子分の言葉に、ようやく疑心暗鬼を解いた

ダミアンがまだ赤みの消えぬ顔でアーニャを睨んだ。

「くそ……てめー、バカのくせに、このオレにカマかけやがったな」

「そ、そう　アーニャ　かまかけた」

カマをかけるの意味はよくわからなかったが、とりあえずその勘違いにのっかった。

「ざまみろ」

「ぐっ、三十点女のくせに」

「かこをふりかえってばかりのおとこは　もてない」

「はあ!? 何、言ってんだ、てめー！」

「ボンドマンでいってた」

「アニメかよ！　ホント、ガキくせえな！」

忌々しそうにわめくダミアンに、

（あぶなかった　じなんむかつくすぎて　ちょーのーりょく　ばれるところだった）

アーニャが人知れず胸をなで下ろしていると、ベッキーがこちらをにまにまと見ていた。

こういう顔をする時のベッキーはとっても楽しそうなのだが、言っていることがまったくわからなくて困る。

「はぁ～。ラブラブもいいけど、素直になれないもどかしい二人も捨てがたいわね。『バーリント・ラブ』にもそういう二人がいるのよ。これがもう、じれったくって！」

そう言うと、

「大丈夫。あたしは、アーニャちゃんの味方よ」

と耳元でささやいてきた。

やっぱり何を言っているのかわからない。

アーニャが小首を傾《かし》げていると、

「とりあえず、調理に使う水を川でくんできて野菜を洗う係と、薪を拾って火を点《つ》ける係にわけましょう」

ベッキーはそう言って、可愛《かわい》らしい顔に意味ありげな笑みを浮かべた……。

◉

「くっそー……ブラックベルの奴《やつ》、なんでアイツがしきんだよ」

「ベッキーは　いいやつ」

ベッキーの発案により、

水くみ係↓アーニャ・ダミアン
薪拾い&火熾こし係↓ベッキー・ユーイン・エミール

という役割分担になったのだが、命じられた感が嫌なのかダミアンは不満そうだ。

友人のファインプレーに、アーニャは胸の中でぐっじょぶとつぶやく。

(ベッキーのおかげで　『きゃんぷでなかよしだいさくせん』　のせいこうに　ぐっとちかづいた)

あとは、きゃんぷに慣れたところを見せつけ、ダミアンに尊敬されるだけだ。

(フッ　きょうまで　ははときゃんぷのほんいっぱいよんでべんきょーした　アーニャきゃんぷのたつじん)

アーニャが意気揚々と川への道を先導する。

木々の根が盛り上がった道なき道は歩きにくかったが、世界を守るためだと思えば、大した苦労ではない。

「オイ、ホントにこっちでいいのか?」

「だいじょぶ　アーニャ　かんぜんにりかいしている」

自信満々に答え、くるりと振り返ると、水くみ用のバケツを持ったダミアンが、

「な、なんだよ」

とつっかかってきた。

「何、見てんだ、コラ」

「アーニャ　おまえと　いっしょのかかりになれてうれしい　ベッキーにかんしゃ」

「!!」

途端に真っ赤になったダミアンが、金魚のように口をパクパクさせる。

「アーニャしってる　おまえないしんてんのため　きゃんぷいちばんになりたい　アーニャそのおてつだいする」

せかいへいわのため、と付け加えるが、ダミアンの耳には届いていない。その心の声がブワッとアーニャの脳に押し寄せてくる。

『な……なんなんだ、こいつ……どうしていきなりこんな……そういや、前にもおまえの役に立ちたいとか、おまえが退学になったら困るとか………ま、まさか……こいつ』

ダミアンが戸惑いもあらわにアーニャを見つめる。

何故か、ぞわりと悪寒がした。

（うっ……なんか　きゅうに　きもちわるくなってきた）

前にもダミアンの心を読んだ時に、こんな風になったことがあった。

（せなかが　ぞわぞわする）

なんとも言いがたい気持ちの悪さにとまどいながらも、ここはぐっと堪《こら》える。

「アーニャ　おまえのやくにたちたい　だから　きゃんぷのべんきょー　いっぱいしてきた」

「おまえ……」

アーニャの言葉にダミアンが声を震わせた……その時。


――いや!!　だまされるな!


（!?　な!?　だれ？）

突然、頭の中に響きわたった大声に、アーニャがビクッと身を強張《こわば》らせる。

キョロキョロと辺りを見まわし、それがダミアンの心の声だとわかるまでに、少しかかった。

いつの間にかダミアンの心が硬く強張っている。

『ユーインやエミールも言ってたじゃないか、コイツはオレの父上に取り入ろうとしてるだけだ………こいつもしょせん、他のおべっか野郎どもと同じなんだ……目的は父上だ』

（え？　どうして　ここにじなんのちち　でてくる？）

まさか、ダミアンの父親にロイドを会わせようとしているのが、バレたのだろうか？

でも、アーニャと違い超能力者でないダミアンに、アーニャが心の中だけで考えていた作戦がバレるはずはない。

（？？）

突然の変化についていけないアーニャは、一人オロオロした。

やがて、ダミアンは低い声で、

「……さっさと行くぞ。このグズ」

そう言うと、歩き出した。

アーニャは目を白黒させながらも、必死にその背中を追いかけた。

「オイ、まだつかないのか?」

「もうすぐ　のはず」


行けども行けども川に辿《たど》り着かないことにしびれをきらしたダミアンが、イライラと聞いてくる。

さっきからずっとこんな調子だ。

ピリピリとしてハリネズミのようだ。

少しでも気分を和ませようと、アーニャが見つけた巨大ミミズを見せたら、更に機嫌が悪くなった気がする。

とはいえ、アーニャもさすがに歩きすぎな気がしてきたところだ。

目の前に広がっているのはどこまでも続く山林で、青々とした木々がいたるところに生えている。どこにも川は見当たらない。

「グリーン先生が目印に立ってる道から入って、真《ま》っ直《す》ぐ行って、最初の分かれ道で左に行くだけだから、地図も必要ないぐらい簡単だとか言ってたのに、全然つかねえじゃねえか」

そうぼやいていたダミアンが、ふと青ざめ、

「……おまえ、左と右ってわかるんだよな？」

「もちろん　わかる」

「じゃあ、左手上げてみろ」

「うぃ」

アーニャが颯爽《さつそう》と上げた腕《うで》は、右手だった……。

ダミアンが「わかってねえじゃねえか」と叫んで頭を抱える。

「逆だよ！　それは右手だ、バカ！」

「！」

ようやくアーニャにも、自分がはりきりすぎたせいで左右を間違え、とんでもないところへ来てしまったことがわかった。

さあっと血の気がひく。

シーンと静まり返った山の中で、木々の間からボォーボォーと鳥の鳴き声が聞こえてきた。妙に気持ちの悪いその鳴き声に、アーニャがぶるりと身を震わせる。

「アーニャたち　まいご？」

おそるおそる尋ねると、

「ああ。おまえのせいでな」

ダミアンがぽつりと答える。

またシーンとなった。

すると、近くの茂みがざわざわと蠢《うごめ》いた。


「うわ⁉」

「な――」


思わず二人して身を固くしていると、茂みの奥からふわふわの尻尾《しっぽ》が愛らしいリスが姿を見せた。頬袋《ほおぶくろ》に何かものをいっぱい詰めこんでいる。

「！　りすさん！」

「……なんだ、リスかよ。おどかすな」

アーニャが顔を輝かせると、ダミアンも安堵の息を吐いた。

そして、戻るぞ、と告げる。

「今なら、そんな遠くまできたわけじゃねえし、もと来た方へ行けば、なんとかキャンプのとこまで戻れんだろ」

冷静さを取り戻した様子のダミアンに、アーニャが「はっ！」と声を上げる。

ははに教えてもらった、キャンプで迷子にならないとっておきの方法を実践していたことを忘れていた。

「それならだいじょぶ　アーニャ　みちにめじるしをおとしながら　あるいてきた」

「おおー！　でかした!!」

珍しく、ダミアンが手放しでアーニャを褒める。アーニャの顔がパアァァと明るくなる。

「アーニャ　えらい？　てんさい？」

「いや、迷子になったのもおまえのせいだろ。――で？　何を目印にしたんだ？」

フッと不敵に笑ったアーニャが、ジャージのポケットを探り、おもむろにそれを取り出す。

おやつ用に持ってきたピーナッツを手に、気取って告げる。

「おやつにも　めじるしにもなる　おとくまんさい」

「………………」

（あれ？　なんで　なにもいわない？）

てっきり、

『すげーぜ、アーニャさん。おやつにもめじるしにもなるなんて、なんてべんりなんだ』

涙まじりにそう褒めたたえられるとばかり思っていただけに、正直、肩透《かたす》かしをくらった気分だ。

「じなん　どうした？　ぴーなつみて　おなかすいたか？」

「おまえ……それって」

震える声でつぶやいたダミアンが、ぱっと先程のリスの方を向く。

つられてアーニャもそちらを見ると、リスが地面に餌《えさ》を見つけ、尻尾を揺らしながら駆け寄っていくところだった。

草の上に転がっているピーナッツを両手で持ち上げ、カリカリカリカリと前歯で噛《か》み砕くその姿は、見ているこちらがほっこりしてしまうほど可愛らしい。

だが……。


「うわあああああああああ!?」

ショックを受けたアーニャが叫ぶと、その声に驚いたリスは食べかけのピーナッツを放り出して、どこかへ走り去ってしまった。

どうやら、あのリスはアーニャが落としたピーナッツを食べながらついてきたらしく、帰り道を教える目印は、その先のどこにもなくなっていた。

「どうすんだよ!?」

ダミアンが叫ぶ。

「目印、食われてんじゃないか！　なんでよりによってピーナッツなんだよ!!　こういう時は鳥とか獣とかに食べられない物にすんだよ!!　このバカ！」

「う……うぅ……」

ダミアンに責め立てられ、アーニャの目からボロボロと涙がこぼれ落ちる。

そのまま、えぐえぐ、と泣き出すと、ダミアンがびくっとした顔で、少しだけ声をやわらげた。

「ま……まあ、そんな複雑な道でもなかったし、思い出しながら歩けば、なんとかなんだろ」

ホラ、さっさと行くぞと促され、アーニャが泣きながら肯くと、頭にポツリと何かが当たった。

（？　みず？）

見上げると、木々の間に真っ黒な雲に覆われた空が見えた。いつの間にか辺りも薄暗くなっている。

「ヤベエ……この上、雨かよ」

ダミアンがうめいた途端、ボトボトボト、と大粒の雨が降ってきた。

それが、見る見るうちにバケツをひっくり返したようなどしゃぶりになる。

最早《もはや》、雨粒と言うより石礫《いしつぶて》だ。滝壺《たきつぼ》に立っているような豪雨を前に、目を開けていることすらできない。

「あばばばば……」

「オイ、しっかりしろ！」

パニックに陥ったアーニャの腕を、ダミアンがぐいっとつかむ。

「確か、オレらが来た道にせまい洞窟みたいなのがあった。そこまで戻るぞ」「え？ あ……わっ⁉」

アーニャの返事も待たず、ダミアンが走りだす。

ぬかるんだ地面に何度か転びそうになりながらも、二人はなんとか崖の下の空洞に逃げこんだ。

「しばらく、ここで雨宿りして、雨が小降りになったら戻るぞ」

「了解《オーキードーキー》」

狭い洞窟内にダミアンと並んで座り、アーニャは疲れた声で返事をした。

髪もジャージもびしょ濡《ぬ》れだ。試しに手でぎゅっとしぼると、雑巾のように水がしぼれた。靴の中もびちゃびちゃで気持ちが悪い。

「ぜんしん　びしょびしょ」

「オレもだよ。がまんしろ」

まったく誰のせいだと思ってんだと言われ、アーニャが小さくなる。

周囲はますます暗く、雨は一生止《や》みそうもないほどに降りしきっている。とりあえず雨に濡れないところに入れて安心したものの、弾丸のように土をえぐっていく無数の雨粒に、どんどん心細くなっていく。

(アーニャたち　まさか　ここでしぬ？)

怖くなって、思わずダミアンの方へ身を寄せると、

「ひっつくな」

と邪険にされ、半ベソをかく。

(ちちがとなりに　いてくれたらいいのに)

ははがぎゅって抱きしめてくれたら。

ボンドが頬をなめてくれたら……。

(でも　いるの　じなんのくそやろうだけ　アーニャ　ふこう)

そんなことをしょんぼり考えていると、薄暗かった視界が、一瞬、カメラのフラッシュを浴びたように光った。

目の前が真っ白になる。

アーニャが「びやっ」と身を縮ませた。

「い……いま　なんか　ひかった」

「まさか……」

ダミアンの顔も引き攣《つ》る。

次の瞬間、鼓膜《こまく》が破れるような雷鳴が辺りに響いた。

あまりの音に耳がわんわんする。

そして、空がまた光った。

「くそっ……どこまでついてないんだ」

ダミアンが臍《ほぞ》を嚙む。

今度は先程より大きな雷鳴だった。しかも、どこかの木に落ちたらしく、続いて凄《すさ》まじい破裂音がした。音の衝撃で肌がビリビリとする。

「う、うぅ……うっふぐ」

恐怖のあまり硬直していたアーニャが、我慢できずに泣き出す。「……たすけて　ちち……こわい……かみなり…………こわい」

膝《ひざ》を抱え、すすり上げていると、アーニャの左手を何かがぎゅっとつかんだ。

「――だ、大丈夫だ」

とうわずった声が言う。

自分と同じくらいの大きさの手は自分と同じように震えていた。

「雷は高いところに落ちるんだ……ここには高い木がいっぱいあるし……ここは上が硬い岩だから、し、心配ない……」

「…………」

アーニャは泣きながら、となりに座るクラスメイトの横顔を見上げた。

その顔は紙のように真っ白だった。よく見れば、目尻《めじり》にうっすらと涙だって溜《た》まっている。

『もし、ここに雷が落ちたら……父上………怖いよ……ダメだ……オレは名門デズモンド家の次男だぞ……泣いてる女子供一人、守れないでどうする…………だけど、やっぱり怖い……いや、ダメだ……怖がるな……恐れるな……オレは父上の息子なんだ』


(じなんも　かみなりこわがってる)

でも、一生懸命、アーニャを守ろうとしてくれている。

恐怖でガチガチだった心が、ほんの少しだけ軽くなった気がした。

アーニャがダミアンの右手をぎゅっと握りかえすと、少年は一瞬、驚いたような顔でこちらを見、すぐに前に向き直った。

またちょっと、ダミアンの手に力がこもる。

もう、その手は震えていなかった。

(あったかい……)


「……腹へったなぁ」

「ぴーなつ　ある」

「それは、いらん」

「アーニャ　ぽろふたべたい」

「言うなよ。バカ。余計、腹減るだろ」

「ベッキー　きっと　しんぱいしてる」

「あいつらは、また泣いてそうだな」

「せんせえ　おこってるかも」

「ああ……雷もあるかもな」


薄暗い洞窟の中で、絶え間ない雨音と落雷に怯《おび》えながら、ボソボソと会話を交わす。

雨に濡れた身体《からだ》が寒くて仕方ないのに、何故かあたたかい。

繋いだ手から伝わってくるぬくもりに、いつしかアーニャの頬を流れる涙も乾いていた……。

◉

「デズモンド!!　フォージャー!!」

ようやく雷が止み、雨が上がって二人が洞窟の外に出ると、ほどなくヘンダーソンとグリーンが駆けつけてきた。

「おお、おまえら無事だったか」

グリーンが呑気《のんき》な顔で片腕を上げる。一方、ヘンダーソンは怒れる獅子《しし》の如《ごと》く二人をねめつけると、

「勝手に周囲を散策してはいけないと、あれほど注意したはずだぞ。デズモンド、フォージャー。今、他の先生たちも手分けして捜してくれている」

そう言って叱りつけた。

「山での落雷や豪雨を甘く見てはいかん。グリーン先生がトラッキングの技術で君らを見つけてくれなかったら、どうなっていたことか」

「オレは海兵大隊出身だからな。特殊部隊にいた時にマントラッキングを体験済みだ。だが、あの雨でおまえらの痕跡はほとんど流されちまってたから、おまえらを見つけられたのは、ほとんど奇跡だぞ？　自分たちの幸運に感謝するんだな」

グリーンが茶目っ気のある顔で笑う。

ヘンダーソンはごほんと咳払《せきばら》いして、同僚の軽口を諫《いさ》めると、

「むろん、我々の監督責任にも問題がある。いかに簡単な道であれ、中間地点にも教師を配置すべきであった。それについては、すまなく思っている」

そう詫《わ》びた。その上で、

「ともかく、今は早くキャンプ場に戻って体を乾かすように。お説教は、それからだ。相応の処分を考えねばならん」

そう言い踵《きびす》を返す。

「せんせえ　ちがう……えっと　ちがいます！」

アーニャは慌てて、その背中にすがりついた。

「ミス・フォージャー？」

「ごめんなさい　アーニャがちずへたで　まいごになりました　じなんはわるくないですしかるなら　アーニャだけしかってください　おねがいするます」

ペコリと頭を下げる。

すると、

「――勝手にかっこつけんなよ。ちんちくりん」

そう言って、ダミアンがアーニャの横に出た。

「オレも確認をおこたりました。オレにも責任があります」

ヘンダーソンとグリーンに向かって「ご心配おかけして、すみませんでした」と頭を下げる。

「じなん？」

アーニャがその横顔をまじまじと見つめると、ダミアンはふいっと顔をそむけ、

「……フン。おまえなんかに庇《かば》われたら、デズモンド家の名折れだからな」

とつぶやいた。

首筋のあたりがちょっと赤い。

「さて、どうします？　ヘンダーソン先生」

グリーンがどこか愉快そうにヘンダーソンを見やる。

ヘンダーソンはしばらく黙っていたが、やがてふっとその表情をゆるませた。

「お説教はこれで終わりとする。二人には、罰として夜の天体観測の準備を手伝ってもらう――が、今はテントに戻って熱いシャワーを浴び、あたたかい恰好《かっこう》に着替えたまえ」

そう告げ、優雅に踵を返す。

その背筋のピンと立った後ろ姿から、老教師の心の声が伝わってきた。

『集団の規律を乱し、かつ、軽率な行動で自分たちの命を危険にさらしたことは、確かに

罰則に値する。だが、その後の互いを庇い合う姿は、実に美しく、エレガントであったぞ。デズモンド、そしてフォージャー』

そこには、厳しさの中にも生徒たちの成長を喜ぶ、確かなやさしさがあった。

アーニャがおずおずと尋ねる。

「えっと　あの　雷は……」

「今度の件は、先程告げた罰で十分だろう。よって雷は必要ない。以上」

（よかった　雷そし）

ホッとしたアーニャが笑顔でダミアンを見ると、ダミアンもまた安堵した顔を向け、すぐに我に返ったように、

「何、笑いかけてんだ！」

と憎まれ口を叩《たた》いてきた。

「おまえのせいで夜まで強制労働だ。この疫病神」「…………」

憎たらしいほどいつも通りのダミアンに、アーニャの中にあった感謝の気持ちが、急速に薄れていく。

「やっぱり　おまえきらい」

「なんだと、コラ！」

「アーニャのかんしゃのきもち　かえせ　そんした」

「泣かすぞ！　ブス！」

「くそやろう」


「コラコラ。いつまでそこで言い合ってるつもりだ。夜中までか？」

グリーンは呆《あき》れたような声でそう言うと、大きな肩をすくめ、やれやれと嘆息してみせた。

「みんな、飯も食わずに心配して待ってるぞ。さっさと無事な姿見せて、安心させてやれ」

決してきつい口調ではなかったが、逆にそれが堪《こた》えた。

二人がしゅんとなると、笑顔に戻ったグリーンが空を見上げて言った。

「ほら、二人共。大雨の贈り物だ」

「？」

「わぁ……」

見上げたアーニャとダミアンの顔が輝く。

雨で洗い流されたように青い空。

そこには目を瞠《みは》るほどに美しい大きな虹がかかっていた。

◉

自宅のあるマンションの前でバスを降ろされたアーニャは、すぐにはドアをくぐらず、マンションの前の道を行ったり来たりした。

(けっきょく　さくせんは　しっぱいにおわった)

大見得を切った手前、気まずい思いでウロウロしていると、

「ボフッ!」

という鳴き声と共に、ふわふわの塊が飛びついて来た。

「わっ　ボンド?」

「ボフ」

思わず吹っ飛ばされそうになったアーニャが愛犬の名を呼ぶと、アーニャが帰ってきたのがうれしいのか、ちぎれるほど尻尾を振ったボンドが、ペロペロと頬をなめてきた。

湿った舌がくすぐったい。

「アーニャ？　おまえ、帰ってたのか」

「！」

ボンドの後を駆けてきたロイドと目が合う。

どうやら、アーニャを見つけたボンドが、散歩の途中でリードを振り切って走ってきたようだ。

「おかえり。思ってたより早かったな」

「アーニャ　きかんした」

アーニャがロイドの視線を避けるように答える。

それに、ロイドが片眉を上げた。

「どうした？　元気ないな」

「せかい　おわった」

「世界？」

「……アーニャ　きゃんぷへたくそ」

アーニャがしょんぼりと肩を落とす。

「めじるし　りすにたべられた　ひだりとみぎも　まちがえた」

「？」

ロイドはよく意味がわからないというような顔をしていたが、

「なんだ、楽しくなかったのか？」

と、尋ねてきた。

その問いかけに、アーニャの脳裏をこの二日間の思い出が過った。


見たこともない木や花や鳥や虫。

雨上がりの空にかかった虹。

みんなで食べたポトフの味。

みんなで見たキラキラの星空。

ベッキーとお菓子を食べながらおしゃべりした真っ白なテント。


そして、左手に感じた手のぬくもり——。


「！　たのしかった!!」

弾《はじ》かれたようにそう答えると、ロイドは「そうか」と言って端正な顔をほころばせた。

「なら、よかった」

と穏やかに言う。

それに、アーニャの心がパァッと晴れわたる。

「早く、家に入れ。ヨルさんが待ちわびてるぞ」

「うぃ」

「おまえのために、朝から必死に色々作ってたぞ。ハンバーグとかケーキとか」

「う……うぃ」

ヨルの作る兵器のような料理の数々を思い出し、思わず返事がうわずる。

（どうしよう　さいごのばんさんになるかも）

でも、ヨルがアーニャのために一生懸命作ってくれたのだとすれば、食べないわけにはいかない。

死を覚悟するような娘の表情に、ロイドが小さく吹き出す。

「大丈夫だ。オレも手伝った。というか、ほとんどオレが作った。ヨルさんだけで作ったのは、おまえの好物の南部シチューだけだ」

「やたー！」

今度こそ、心の底からアーニャが喜ぶ。

安心したら、急にお腹が空いた。

（はやく　ははのしちゅーとちちのはんばーぐたべたい　ボンドとてれびみたい）

「いくぞ　ボンド」

「ボフ！」

「ちちも　はやく　アーニャ　おなかすいた!!」

「ホント現金な奴だな、おまえは」

愛犬を引き連れ、苦笑いする父を急《せ》き立てて、少女は母の待つ我が家へと元気いっぱい駆け出した——。

NOVEL MISSION : 2

「こんにちは、ベルマンさん。ご機嫌いかがですか?」

ユーリ・ブライア。二十歳。

幼い頃に両親を失い、唯一の肉親である年の離れた姉に育てられる。

「ああ、すみません。この部屋、少し臭いますね」

最愛の姉に少しでも楽な暮らしをさせたい、幸せにしたいと、幼少から勉学に励み、飛び級で外務省に入省した彼は、若きエリート外交官として諸国を飛びまわっている……と、いうのはあくまで表向きの肩書《かたが》き。

彼――ユーリ・ブライアの現在の勤め先は国家保安局――略して〈SSS《エスエスエス》〉。

階級は少尉。

「換気しても、換気しても、薄汚い売国クソ野郎の臭いがぷんぷん臭ってくるんですよ。一体、どこから臭ってくるんでしょうかねぇ？　ね？　ベルマンさん」

男は秘密警察だった。

◉

「ユーリ。おまえ、いつから休んでいない？」

「お疲れ様です、中尉。ボクなら、三日前に仮眠を取ったので、ご心配にはおよびません」

尋問室から出てきたところを呼び止めると、年若い部下は笑顔でそう答えた。長身だが細身で、童顔な彼が着ると、〈ＳＳＳ〉の制服がまるで学生服のようだ。

「ボク、この仕事をもっともっとがんばって、姉さんの暮らすこの国をより良くしたいんです」

はにかんだ顔で、まるで青臭い少年のような夢を語る。

だが、その人畜無害な笑顔が、彼のすべてではないことを中尉は知っていた。

今も、誰の尋問でも落とすことのできなかった売国政治家トマス・ベルマンを吐《ゲロさ》かせている。黒手袋がぐっしょりと濡《ぬ》れているのは、売国奴の流した血を吸ったのだろう。この男はこれで、血の気が多い。

「なら、明日は休め。丁度、祝日だ」

「だから、大丈夫ですって。元気マックスです！」

「上官命令だ」

「ええー」

すげなく命じると、ユーリは不満げに叫んだ。

「そんなことをしてる暇はありません。一刻も早く、〈黄昏《たそがれ》〉を捕まえて、西国《ウエスタリス》の脅威を排除しなければ！」

（まるで犬だな）

時折、制御しがたい狂犬にもなるが、普段は呆《あき》れるほど、真面目《まじめ》で勤勉。飼い主である国家に忠実だ。

（いや……）

この男の場合、忠誠を誓っているのは国家そのものではなく、あくまで『姉の暮らすこの国』であるわけだが——。

（そのために、前途ある輝かしい未来を放棄し、自ら汚れ仕事を選んだ……か）

外交官というのは今日び、多くの学生にとって憧れの職種だ。なろうと思ってなれるものではない。それこそ、血の滲《にじ》むような努力があったはずだ。

その輝かしいキャリアをあっさりと捨て、言ってみれば日の当たらない場所で、日々手を汚しながら働いている弟のことを知ったら、ここまで女手一つで育ててきた姉は、果たしてどう思うか？

あるいは、この男が姉に本当の職業を隠しているのは、そのせいなのかもしれないと考えかけ……すぐに止《や》めた。

すべては自分の憶測にすぎない。

仮にただ一つ、ゆるぎない真実があるとするなら、ユーリ・ブライアのすべては、姉の幸せ——そのためだけに存在する。

（まったく、健気《けなげ》な坊やだ）

感傷に浸るほど愚かではないが、この年若い部下のブレることのない信念には一目置いている。

ゆえに、有能な人員が不足しているがゆえの過労……などといったバカらしいことで、使い潰したくはない。


「業務を的確かつ滞りなく行うためには、適度な休息が必要だ。いいから、明日は休め。そして休み明けは、今まで以上に勤務に励め」

「お言葉ですが――」

「それが国家のため、ひいてはお姉さんの幸せのためだ」

「…………わかりました」


姉を引き合いに出すと、ユーリはようやくしぶしぶ了承した。

思いきり不貞腐《ふてくさ》れたその顔は、とてもではないが、冷酷無比な秘密警察には見えなかった。

◉

「あーあ、いきなり休めって言われたって、何しろって言うんだよ」

半ば無理やり休みを与えられてしまったユーリは、自宅のベッドに寝転がり、朝から暇を持て余していた。

ベッドの上から見える窓の外には、雲一つない青空が広がっている。

(そういや、ドミニクさんはカミラさんと旅行に行くって言ってたっけ。ああ、ボクも久しぶりに姉さんとどこかに行きたいなぁ……美味《おい》しい物を一緒に食べるのでもいいし)

頭に浮かんできたのは、大好きな姉・ヨルの笑顔だ。

それにユーリの顔がだらしなく緩む。

「今日は祝日――市役所はお休みか」

カレンダーへ目をやるついでに、ローチェストに飾った写真立てを眺めると、写真の中のヨルがこちらに向かってにっこりと微笑《ほほえ》んでいる。まさに美の女神すらも色あせるほどの美しさに、ユーリが頬《ほお》を染める。

(姉さんもお休みなら、また会いに行こうかな……もう二週間も姉さんの顔見れてないし……あ、でも祝日ってことは、病院も休みか)

ならば、憎《にっく》きロッティも在宅ということになる。バーリント総合病院に勤めるロイド・フォージャーは誠に遺憾ながら、ヨルの夫ということになっている。だが、ユーリはそんなことは断じて認めていなかった。

彼にとってロイドは、少しばかり顔が良くて、少しばかり背が高くて、少しばかりさわやかで少しばかり気配りができる医者というだけで、世界で一番大切な姉を奪っていった極悪非道の盗人に他ならない。

(まったく、なんで休みなんだ。休日だろうと祭日だろうと、馬車馬のように働け！ そして、過労死しろ)

姉泥棒ロッティの無駄に整った顔を思い出し、イライラしていると、ローチェストの上の電話が鳴った。

誰だ、こんな朝早くから——と舌打ちしつつも腰《こし》を上げたユーリが、

「はい。ブライアです」

不愛想な声で電話に出ると、受話器の向こうから天使のように美しい声が聞こえてきた。

『あ、ユーリ。私です。ヨルです』

「ねねねね姉さん⁉」

ユーリの声のトーンがゆうに一オクターブは跳ね上がる。

『朝早くから、すみません。これからお仕事ですか？』

「いや、今日はオフだけど」

もじもじとユーリが答える。すると、ヨルの声がパァッと明るくなった。

『本当ですか？』

「う、うん……姉さん。今日は出張とか休日出勤もないから、一日空いてるよ」

『良かったです』

ヨルのうれしそうな声にユーリの心臓がキュンと音を立てる。

（姉さんが、ボクの仕事が休みなことを喜んでくれている。きっと、姉さんもボクに会いたかったたんだ……ああ、中尉、ありがとうございます）

先程まで不平を言っていた上官に、今や感謝の花束でも贈りたい思いでいると、

『良かった。実は今日、ロイドさんがお仕事でいらっしゃらないんです』

ヨルが更にうれしいことを口にした。それに、ユーリの心がさっと晴れわたる。まるで、今日の青く澄んだ空のようだ。

『急な呼び出しが入ってしまったとかで……』

「そっか、ロッティは今日もお仕事なんだね。それは最高だね——いや、大変だね。姉さん」

一応、言い直すが、弾む声までは抑えられない。

『コラ、そんな呼び方しちゃダメです。ロイドさんはユーリより年上のお義兄《にい》さんなんですから、ちゃんと『さん』づけで呼んでくださいね？』

ヨルが困ったような声でユーリを窘《たしな》める。

ユーリは「はーい、姉さん」と良い子の返事をしたが、『さん』づけで呼ぶ気など更々なかった。

ましてや『義兄《あに》』などと呼ぶつもりは毛頭ない。

(ボクはまだアレを姉さんの夫と認めていない。いや、断じて認めるもんか。死んだって認めんぞ。フォージャー)

内心、ロイドへの敵意を滾《たぎ》らせていると、電話越しにヨルが尋ねてきた。

『それで、ちょっとユーリにお願いしたいことがあるのですが、これから来てもらえませんか?』

「! わかったよ、姉さん! 今からすぐ行くから!!」

最愛の姉からのお願いに狂喜乱舞したユーリは、ほぼ着の身着のまま家の外へ飛び出すと、一路、姉の待つマンションへと向かった。

その足取りは、いっそ鳥の羽根よりも軽かった。

「来たよ、姉さん。何をやればいい？　高い所の物をとるのかい？　それとも、重い物を運ぶ？　それとも、離婚届の証人欄にサインする？　なんでも言って！」


ユーリが満面の笑みでフォージャー家のドアを開け放つ。

すると、到着を待ちわびていてくれたらしきヨルが、

「ユーリ、来てくれたんですね！　ありがとうございます」

と笑顔で迎えてくれた。

それにジーンとなる。

（ああ、姉さん。今日もなんて可愛《かわい》くて清楚《せいそ》なんだ。世界一キレイでやさしい姉を持って、ボクは世界一の幸せ者だよ）

ユーリが心の中で幸福に打ち震えていると、その幸せを邪魔するかのように、ヨルの後ろから小さな生き物が姿を見せた。

「おじ」

「むっ、チワワ娘」


アーニャ・フォージャー。憎き姉泥棒の連れ子である。

『知は力』を『ちわわぢから』と聞き間違えるような、筋金入りのアホだ。だが、姉さんに美味しいものを食べさせるために偉い人になりたいという殊勝な心掛けなどは、なかなか見所がある。

だが、所詮はあのロイド・フォージャーの子供だ。

たぶらかされるわけにはいかない。

「叔父《おじ》と言うな、叔父と。おまえ学校はどうした？」

「きょうは　およすみ」

「おやすみだろ」

だが、言われてみれば、祝日なのだから学校がお休みでもなんらおかしくない。盲点だった、とユーリが内心、舌打ちする。

『まあ、ロッティがいるよりマシだ。ボクと姉さんの邪魔をしないように、テレビアニメでも見せとけばいいだろう。ああ、姉さん。NEESAN……！　姉さんのためならボク

はなんだってする。ああ、姉さん姉さん姉さん姉ぇぇぇさん!!』

「……ゲプッ」

　いつのまにか能面のような顔になっていたアーニャが、小さくげっぷをする。

「おまえ、いつも胸焼けしてるな」

「アーニャ　おなかいっぱい」

（いやしい奴《やつ》め。どうせ、朝ご飯を食べすぎたんだろ。まあ、限界まで食べたくなる気持ちはわからなくもないが。姉さんの料理は絶品だからな。えも言われぬ芳香がするし、噛《か》めば噛むほど変な汗が出てくるし、素材の味がしっかりして、偶《たま》に俎板《まないた》とかも入ってて、栄養満点なだけじゃなく歯だって丈夫になるんだ……ああ、いっそ、素材になって姉さんに切り刻まれたい）

　ひとしきり姉への想いを胸の中で叫んだ後で、ユーリはヨルに向き直った。

「それで?　何からやったらいい?　姉さん。買い出しの荷物持ちでも、換気扇の掃除でも、洗濯でもなんでも言ってね」

「えっと……」

「そうだ、せっかく天気もいいことだし、模様替えするとかはどう?　これを機に、ロッティと寝室を別にするとか――」

「いえ、それがですね……」

俄然《がぜん》はりきるユーリを前にして、眉尻《まゆじり》をぐっと下げたヨルが困ったように言いよどむ。

そんな姉さんも素敵だった。

「どうしたんだい？　姉さん。ボクと姉さんの仲じゃないか。遠慮せずなんでも言ってよ」

ユーリがさわやかな笑顔でそう言うと、ヨルはようやく口を割った。

「実は……今日、市役所主催のイベントがあるんです」

「うんうん」

「ミリーさんが出てくださることになっていたんですけど、お風邪《かぜ》を引いてしまったので、急遽《きゆうきよ》、私に代わりに出てくれないかという電話が、今朝《けさ》、あったんです。でも、ロイドさんは外せないお仕事が入ってしまっているし、いつも助けてくださるフランキーさんもいらっしゃらなくて……」

（むっ。フランキー？　誰だそれは？　聞き慣れない名前だな）

知らぬ男の名前にユーリがピクリと反応する。

子守りを頼んでいるシッターか何かだろうか。

（真面目に仕事だけしているようならいいが、もし、姉さんに色目をつかってくるような

クソ野郎だったら、処刑しよう）

ひそかに剣呑《けんのん》なことを考えていると、

「イベントは半日ですし、アーニャさんを一人置いていくわけにはいかないです。ユーリ、アーニャさんと遊んでいてあげてくれませんか？」

「えっ……」

思いもよらない話の流れに、思わずユーリが硬直する。ヨルの言った言葉を反芻《はんすう》し、恐る恐る尋ねた。

「つ、つまり、ボクに姉さんのいないこの家で、このチワワ──ロイド・フォージャーの娘と過ごせってこと？　姉さんのいないこの家で？」

「はい。お願いできませんか？」

途端に、ユーリの幸せな休日がガラガラと崩れ落ちていく。

（なんてことだ。せっかく、姉さんと一日一緒に過ごせると思ったのに……チワワ娘の世話？　そんなことをするぐらいなら、姉さんの写真に囲まれながら、尋問の本を読んだり、拷問の勉強をしていたほうが百億倍マシじゃないか）

ユーリが絶望のあまり、その場に倒れそうになる。

だが、ヨルに潤んだ目ですがるように見つめられ、

「お願いです、ユーリ。ユーリだけが頼りなんです」

そう懇願されてしまえば、世界で一番、姉を愛する弟としては、

「すべて、このボクに任せて、姉さん!!」

そう答える以外他に、為《な》す術《すべ》はなかった……。

◉

――ヨルが出勤して、三十分。

ユーリは、フォージャー家のリビングにあるソファーで雑誌をめくっていた。

と言っても、熱心に目を通していたわけではない。

先刻、

『では、行ってまいります。できるだけ、早く帰ってきますので、アーニャさん、ホントにごめんなさい。お土産《みやげ》、たくさん買ってきますから! ユーリ、アーニャさんをくれぐ

れも、よろしくお願いします』
そう言い残して仕事へと向かったヨルの可憐《かれん》で美しい姿を、いつまでも未練がましく脳内に反芻《はんすう》していただけだ。

「おじー　たいくつ」


ローテーブルの下に敷かれたラグに寝転がりながら『SPYWARS《スパイウォーズ》』の本を読んでいたアーニャが、足をバタバタさせる。

ユーリは雑誌を閉じて、ソファーの上に起き上がると、

「じゃあ、勉強でもやるか？」

と尋ねた。

「う……べんきょー」

アーニャは露骨に嫌そうな顔になったが、別段、嫌がらせのつもりはない。

普段、子供と接することのないユーリには、子供の喜ぶような遊びなど想像もできなかったし、何より、彼自身が小さい頃から勉強ばかりしてきた。

すべては一刻も早くより良い職業に就き、姉を守れる男になるためだ。ジャーナリスト

や弁護士、医者、技工士――あらゆる職種に対応できるよう、満遍なくすべての分野を学習し尽くしてきた。

ゆえに、遊ぶ時間などなかったが、それを不満に思ったことはない。

むしろ、そうやって培ってきたすべての知識が、今の自分を支えるその土台となっていることを誇りに思っている。

「苦手な科目を教えろ。そこを重点的に教えてやる」

「に、にがてなかもくなどない　アーニャ　どれもとくい」

「アホっぽい顔して嘘《うそ》を吐《つ》くな。なら、全教科やるぞ」

ユーリがにべもなくそう告げると、アーニャが「げぇ」と潰れたカエルのような声でうめいた。

『コイツ、本当にイーデン生なのか？　これじゃあ、姉さんもさぞや苦労してるだろうな……ああ、可哀相《かわいそう》な姉さん。コブ付きの男と結婚なんかしたばっかりに……そうだ。ボクが勉強を教えることで、こいつの頭がちょっとでも良くなったら、どうだろう？　そしたらきっと、姉さんはきらめく宝石のような笑顔で『さすが、ユーリです』って言ってくれるんだ。もしかしたら、子供の時みたいにごほうびのチューをしてくれるかも……ああ、姉さん姉さん姉さん姉さん姉さん。大好きだよ。姉さん。姉さん以上に可憐な女性をボク

は見たことがない――』

そこで頬のあたりに冷ややかな視線を感じたユーリが、姉への想いの暴走を止める。

となりを見るとアーニャが無言でじーっとこちらを見つめていた。ユーリと目が合うと、ふうっと重たいため息を吐いてみせる。

それがいかにも『やれやれ　こまったやつだ』といわんばかりだったのでムカッとしつつも、コホンと空咳《からせき》を一つし、

「ホラ、さっさと自分の部屋に行ってノートと教科書、それと参考書、持ってこい。筆記用具も忘れるなよ」

「アーニャ　きょうは　べんきょーのきぶんじゃない」

「暇なんだろ？」

「ひまだけど　べんきょーをするひまはない」

生意気なことを言うアーニャに、

「なら、テレビでも見てろ」

と、ユーリが嘆息する。

嫌がる人間の尻《しり》を叩《たた》くようにしてやらせても、効率は上がらない。姉に対する理性は失っていても、ユーリはあくまで合理的だった。

しかし、アーニャは尚《なお》も可愛げがなく、

「このじかん　あにめやってない」

「だったら、そこのデブ犬みたいに昼寝でもしとけ」

面倒になったユーリが、ラグの上ですやすやと眠っている犬を指さす。

まったく、なんだってこんな犬を飼っているのかと思いたくなるようなぐうたら犬だ。

これでは、番犬の代わりにもなるまい。

「昼寝と言わず、姉さんが戻ってくるまでずっと寝てていいぞ」

「…………」

すると、アーニャがじとーっとした目でこちらを睨《にら》んできた。ものすごく、不満そうだ。

「なんだ？　何か言いたそうな目だな」

そう言うと、アーニャはふいっとリビングを出て行った。

大方、拗《す》ねて自分の部屋にこもったのだろうと思っていると、ほどなく、ノートと鉛筆を持って戻ってきた。

ラグの上に直《じか》に座り、ローテーブルの上でせっせと書き始める。時折、チラリとユーリを見て、くくく、と意味深に笑い、またせっせと鉛筆を動かす。

（何、書いてんだ？）

手元をのぞくと、おそろしく汚い字が並んでいた。思わず「汚っ！」と仰《の》け反《ぞ》る。まるで地面にミミズが這《は》ったようなその字は、敵国の暗号並に解読不能だ。

「なんだ、これは……呪いの文字か？　キモチ悪いな」

「にっき　あとではははにみせるよう」

そう言って、アーニャがニタリと不気味に笑う。

それにユーリが、はっ、となる。

アーニャからノートを奪い取り、必死に解読に励んだ結果……。


――きょうはおよすみなのに　おじとおるすばん　おじは　モジャモジャとちがって　ぜんぜんあそんでくれない　いぬみたいにずっとねてろといわれました　おじ　いぢわる　アーニャ　とてもふこう

「うわあああああああああ!!」

読み終えたユーリが頭を抱えて悶絶《もんぜつ》する。まさに呪いの文字――呪いの書だった。

（こんなもの読まれたら……姉さんに嫌われてしまう!!）

『ユーリ、あんまりです！　そんな悪い子は姉さん嫌いです』

そう言って、プイッと顔をそむける姉を想像し、絶望と混乱からローテーブルにガンガンと頭を打ちつける。

「おじ　ばいおれんす……」

ユーリの奇行にたじろいだアーニャがごくっと唾《つば》を飲みこむ。

「――出かけるぞ」

ユーリは頭から血を流しながら、ゆらりと立ち上がった。

「ちがでてる」

「気にするな」

頭を指さしてくるアーニャを見すえ、低く命じる。

「今から外に遊びに行くぞ。用意しろ、チワワ娘」

◉

「おでけけ　おでけけ」

「足をバタバタするな。それから、おでけけじゃなく、おでかけだ」


何日も徹夜が続き、上官から命じられた久々の休日。

そんな中、盗人男の連れ子と共にトラムに乗っている自分に、ユーリはため息を禁じえなかった。何故《なぜ》、善良な秘密警察として、日々国家に忠誠を誓っている自分が、こんな目に遭わねばならないのか。

近くに座っている老婆が、はしゃぐアーニャを見て「まぁ、可愛いこと」と目を細めている。どこが可愛いものか。

（くそー、こうなったのも全部、ミリーとかいう姉さんの同僚のせいだ）

姉に頼られ、姉の助けになり、姉の手料理を食べ、姉と語らう――そんな夢のような休日は、彼女が風邪を引いたことでぶち壊しになった。

（そもそも、本当に風邪なのか？）

どうにもタイミングが良すぎないだろうか。

仮に、面倒臭い休日出勤を、他人を疑うことをしない心やさしい天使のような美しい同僚に押し付けたのだとしたら、そんな女は即、処刑すべきだ。生きている価値はない。

(――いや、どんな女であっても、姉さんにとっては大切な働く仲間かもしれない。やっぱり、処刑するなら、偶の休日に自分の連れ子を姉さんに押し付けて、呑気に仕事しているロイド・フォージャーだ。くっ……いっそ、あの男がスパイなら、堂々と処刑できるのに)

そんなことを考えている内に目的の駅に着いた。

アーニャがホームにぴょんと飛び降りる。

「おじ　どこいく？　ゆうえんち？　アーニャ　かんらんしゃのりたい」

「どうせ、遊ぶにしても教育的な場所のがいいだろ？『ステップ・ワーク・キッズ』に行くぞ」

と答えると、アーニャが「すなっく　わあく　きっす」と復唱した。それに横を歩いていた若い女性がぷっと吹き出す。

まったく恥ずかしい奴だ。ユーリはげんなりしつつも、訂正した。

「ステップ・ワーク・キッズだ。前に職場の先輩が奥さんと子供と行ったたって言ってたのを思い出したんだよ」

「どんなとこ？　たのしい？」

「簡単に言うと、子供が興味のある分野の仕事を疑似体験して、将来の職業を選ぶ手助けをする場所だ。弁護士や裁判官、軍人、医者、学者、技術者——といった東国に必要な人材の育成を促す狙いで作られた、政府公認の室内型巨大遊興施設だ」

「ちっとも　かんたんじゃない」

アーニャが死んだ魚のような目で見てくる。

「おじ　うちゅうご　しゃべってる」

「……つまり、色んなお仕事遊びをしてみて、将来なりたいものを決める場所だ」

と言い直すと、途端にアーニャが目を輝かせた。胸の前で両手をぎゅっと握りしめ、はすはすと興奮気味に息を吐き出す。

「たのしそう」

「だろ？　さっさと行くぞ」

そう言い、遊興施設のある番地へ向かおうとすると、左手に何かやわらかいものが触れた。アーニャが手を繋《つな》ごうとしてきたのだとわかり、思わずぎょっとなる。

「……なんのつもりだ」

「おでけけのとき　ちちやはは　てぇつないでくれる　モジャモジャも」

「そのモジャモジャってのはなんなんだ？　さっきも出てきたが」

正直、気は進まなかったが、もし自分が手を繋がなかったせいでこいつが迷子になったら、姉さんに合わす顔がない――と思い直し、渋々手を繋ぐ。

繋いだ手は体温が高いせいかあたたかくて、少し湿っていた。しかも、いやにベトベトしている。

(う、汚いな……なんで、手をちゃんと洗わないんだ)

と思ったのも束《つか》の間《ま》、その小ささに驚かされた。

「おまえ、いくつなんだ」

「アーニャ　むっつ」

「そうか」

ユーリは思わず目を細めた。

この手は年頃の子供よりも小さいのだろうか。それとも大きいのだろうか。六歳の子供が大体どのぐらいの大きさの手をしているか、彼にはわからなかった。

(……そう言えば、姉さんもよく、こうして手を繋いでくれたな)

無論、幼い自分の手はお菓子でベトベトしているようなことはなかったけれど……。

「おじ　あと　なんぷん?」

「十分ぐらいだな」

「わくわく」

「よそ見するな。ちゃんと前を見ろ」

口うるさく注意しながらも、ユーリは自分の歩調が、知らず知らずの内に、小さな子供に合わせたものになっていることに気づかなかった。

◉

「ステップ・ワーク・キッズへ、ようこそ！」

「ここはたくさんのお仕事を学ぶための街です。いっぱい遊んでいっぱい体験して、なりたいものを見つけてくださいね？」

「いってらっしゃいませ」


にこやかなスタッフたちの笑顔に迎えられ、二人が足を踏み入れたのは、想像していたよりもずっと広く、本格的な子供のための街だった。

本物よりはずっと小さいが、消防署や病院、裁判所に図書館、新聞社、郵便局、銀行、出版社、科学技術研究所などが、精巧ながらもどこか愛らしく造られている。床には石畳が敷かれ、信号や横断歩道まであり、小さなバスが走っている。
客の多く——というか、すべては親子連れで、どこも親が妙に疲れている。中には、歩く屍《しかばね》のようになっている母親や、通りのベンチに置物のようになって座っている父親の姿もあった。

「パパ！　早く早く！　次はファッションモデルになりたい!!」

「ええ……あそこは、パパ少し恥ずかしいんだけどなぁ……ホラ、パパ太ってるし。最近、お腹《なか》も出てきちゃったし。どうせなら、お菓子屋さんにでもしようよ」

「ダメダメ!!　あそこは絶対にはずせないの!!」


アーニャより少し大きいくらいの少女が、渋る父親を無理やり引っ張って行くのを見て、

(なんで、太っていると恥ずかしいんだ？)

どうせ体験するのは娘の方なのだから、アンタの腹が出てようが出ていまいが、関係ないだろうに、とユーリが眉をひそめる。

圧倒されたのか、アーニャはずっと口を開けたままだ。

「ここ　アーニャのおうち　なんこぶん？」

「ん？　ここの施設面積からおまえの家のざっとの広さを割ると……まあ、ゆうに八十個は入るだろうな」

「は、はちじゅうも……」

アーニャがごくりと唾を飲みこむ。

「で？　最初にどこに行きたいんだ？　裁判官、科学者、行員……このあたりが、まあ手堅いか」

ユーリが入り口でもらったパンフレットに目を通しながら、おすすめの職業をピックアップしていく。どれも、彼が昔、なろうと思ったものだ。

「検事や弁護士もいいな」

「みえない　おじ　かがんでくれ！」

背の低いアーニャが、ぴょんぴょん飛び上がりながらわめく。

「おまえも入り口でもらっただろ」

と言うと、

「そうだった」

と小さなポシェットから、ぐしゃぐしゃに畳まれたパンフレットを取り出した。

「どうだ？　ジャーナリストも捨てがたいし、おまえに体力さえあれば、軍人も悪くないと思うぞ」

「アーニャ　ここいきたい」

アーニャが自分のパンフレットの上を指さす。どれどれ、と上からのぞきこんだユーリの顔が、思わず固まる。

「アーニャ　きのうけいじもののあにめ　みた」

「…………」

「けいじになって　うえからとびのって　わるものをやっつける」

ふんすーと鼻を鳴らし、アーニャが意気ごみを語る。

「それからぶたばこにいれて　くさいめしくわせてやる」

「……おまえ、それを姉さんの前で言うなよ」

お願いだから、とユーリがうめく。

彼は早くも、このチワワ娘をここへ連れてきたことを後悔し始めていた。

◉

「ようこそ。こちら警察署ブースでは、警察官のお仕事体験ができます」

警察署に入ると、案内役の若い女性がにっこりと微笑みかけてきた。スタッフ全員が警察官の制服に似せた衣装を身に着けている。

体験を終えたらしき父と息子が興奮した面持ちで、ユーリたちの脇を通りすぎて行く。

「オレ、初めて銃、撃ったんだぜ！　へへへ……もちろん、全弾命中！　すごいだろ!?」

息子がアーニャに向けて自慢そうに言う。若い父親が「こら、行くぞ。すみません。お邪魔して」と息子を促し、ユーリに向けてペコリと頭を下げてみせた。ユーリも反射的に「いいえ」と頭を下げる。


「次は、医者になるんだ！」

「ええ……父さん、休日にまで白衣を着るのか？」

「いいじゃん！　早く早く!!」

「休日ぐらい、別の仕事に就かせてくれよ」

遠ざかる父と子から、聞こえてきた会話に、

(?　なんなんだ?　さっきから?)

ユーリが頭の中をハテナマークでいっぱいにしていると、

「じゅう……ボンドマン」

となりに立つアーニャから、いやに熱いつぶやきが聞こえてきた。

見ればアーニャの目が怪しく輝いている。

「ざんだんすう　はちぶんのに」

無駄にキリッとした顔で、わけのわからないことを言っている。

その目の異様な輝きに、ユーリは、

(コイツに銃を持たせてはいけない)

と本能で察した。

「只今《ただいま》のお時間ですと――」

進行表のようなものに目を通していた女性が顔を上げる。

「取調室が空いておりますね。キャストを相手にした取り調べ体験ができますが、いかが

でしょうか？」

「じゃあ、それでお願いします」

良く聞きもせずユーリが即答する。とにかく、射撃だけは阻止しなければならない。

アーニャがユーリの上着の裾をくいくいと引っ張り、

「アーニャ　じゅう　うちたい！　ボンドマンなる!!」

としきりに訴えてきたが、聞こえなかったことにした。

「では、こちらで制服にお着替えください」

「ホラ、行ってこい」

とアーニャの背中を押すと、

「いえ、お兄様もご一緒に着替えていただきます」

女性が慇懃《いんぎん》に告げる。

「いや、ボクはコイツの兄では――」

「あにじゃない　おじ」

「アラ、お若く見えるので、てっきりお兄様だとばかり」

女性はびっくりした顔でユーリを見ると、

「大変失礼しました。では、叔父様もご一緒にこちらへどうぞ」

礼儀正しく言い直した。

（く……叔父という言葉を激しく訂正したいが、ここで叔父じゃないと言ったら、凄《すさ》まじく面倒なことになりそうな気がする）

何かと物騒な昨今だ。下手《へた》したら不審者として通報されるかもしれない。そんなことになれば、秘密警察の名折れだ。

（仕方ない）

内心、歯嚙みする思いだったが、すぐに気持ちを切り替え、

「いえ。体験するのはコイツ一人ですから」

ここは『叔父』になりきることにした。

元々演じるのは得意である。

「ボクはここで待っています。お姉さんたちの言うことをよく聞いて、いい子にするんだぞ」

いかにも可愛い姪《めい》に向けるような笑顔を作ると、白い目をしたアーニャが、

「おじ　きもちわるい」

とつぶやいた。

「えがお　うそくさい」

その可愛げのなさにイラッとしたが、これも聞かなかったことにする。

だが、女性は別のスタッフと顔を見合わせると、

「あの、大変申し上げにくいのですが、保護者の方もお子様と同じ目の高さになって、お仕事体験をしていただくのが、当施設の決まりですので……」

「はあ？」

「お子様と感動の共有をしていただくことで、お子様のやる気や勤労の喜びを促進することが狙いですので、それにご了承いただけないお客様には、当施設の利用をご遠慮いただいております」

丁寧な中にも、教育を目的とする施設としての強いこだわりを感じさせる口ぶりだった。

(なんなんだ、その妙な決まりは……大の大人がお仕事ごっこしてどうなるんだ？　それが、どう子供のやる気に繋がるんだ？)

正直、理解しがたい。

だが、そう言われてみると、さっきから見かける妙に疲労困憊《ひろうこんぱい》した親たちや、

『ええ……あそこは、パパ少し恥ずかしいんだけどなぁ……ホラ、パパ太ってるし。最近、お腹も出てきちゃったし。どうせなら、お菓子屋さんにでもしようよ』

『ええ……父さん、休日にまで白衣を着るのか？　休日ぐらい、別の仕事に就かせてくれよ』


あの不可解な父親たちの言葉がすっきりと理解できた。

（だから、皆、あんなに疲れてたのか）

もっと早く気づくべき——いや、来る前にリサーチしておくべきだった。

（ぐ……こんなことなら、デブ犬を起こして公園にでも行った方が、よっぽど楽だった）

歯ぎしりせんほどに後悔するが、後の祭りだ。

『どうする？　今から、出て別の場所へ行くか？　だが、コイツが——』

ユーリがチラリととなりに立つアーニャを見やる。

少女のうらめしそうな眼は、

『ここでかえるなら　えにっきにかいてははにみせてやる』

と雄弁に語っている。

それどころか、ポシェットを開け、ご丁寧に切り取ってきた呪いの書をチラリと見せてくる。

最早《もはや》、明確な脅しだ。

「どうなさいますか？　もし、当施設の決まりにご了承いただけるのでしたら、あちらの更衣室でお着替えください。それとも、お帰りになられますか？」

笑顔に戻った女性の言葉に、〈SSS〉の若き局員は多大な屈辱を覚えながらも、

「……いえ、着替えてきます」

と答えるより他になかった……。

◉

（くそ……なんだって、このボクが、こんなおままごとみたいな真似《まね》をしなきゃならないんだ）

無駄にリアルな取調室には、無機質な椅子《いす》と机があり、容疑者役のキャストが不貞腐れた様子で座っていた。

客は容疑者のしたことを聞かされ、未《いま》だしぶとく罪を認めていない彼――あるいは、彼

女を取り調べで落とすことで、体験終了となる。容疑者の罪は毎回変わるらしいが、台本などはなく、すべてがアドリブだという。

キャストの多くは役者が副業で行っているという徹底ぶりだが、そこは相手が子供ということで、わかりやすい悪者の恰好《かっこう》をしている。

今、目の前にいる男も、全身黒塗《まみ》れで、いかにもな黒い目出し帽までかぶっている。

（いや、まず脱ぐだろ？　なんで、いつまでもかぶってんだよ）

やたらディテールに凝っているわりに、なんでそこは妙にデフォルメされているのか。

基本、生真面目な性格のユーリはイライラした。

一方、制服に着替えたアーニャは、明らかな悪者を前に、やる気満々だ。

「まずは、フォージャー警察官から取り調べをしてもらいます」

「うぃ」

名指しされ、はりきって答えている。ユーリは調書の記録係という名目で、部屋の隅に置かれたスチール製の硬い椅子に座らされた。

入り口のスタッフとはまた別の女性が、容疑者の行状について説明する。

「あの人は、色々な人のお家《うち》に忍びこんではお金や宝石を盗んでいる悪い人です。でも、罪を認めていません。フォージャー警察官が追い詰め、罪を認めさせてください」

「了解《オーキードーキー》」

アーニャはびしっと敬礼の姿勢をとると、くるりと容疑者を振り返り、その顔をふっとニヒルにした。

(なんなんだ、その顔は)

ユーリが胸の中でつっこんでいると、アーニャは妙に勿体《もったい》ぶった様子で取り調べ用の椅子に座り、

「――また　おまえかじゃっく　こりないおとこだな　おまえも」

そうつぶやいた。

(何故、いきなり再犯の設定で始める。てか、ジャックって誰だよ)

「さむいとおもえば　もうふゆか」

どうやら、季節まで勝手に決まってるようだ。

アーニャはやおら席を立つと、ゆっくりとした足取りで窓へと向かった。ブラインド越しに、窓の外を見やると、

「おまえのこきょうは　たしか　きたのほうだったな」

と告げた。

「もうゆきがふってるころか」

SWK
SWK

「……へっ、故郷の話をしたら、俺が里心でもつくと思ったのか？」

容疑者が自嘲《じちょう》気味に笑う。

「なら、とんだお門違いだ。俺は故郷を捨てたんだ。親父《おやじ》とお袋もとうに死んだ。今更、あそこに俺の居場所はねえよ」

客の作ったわけのわからない設定にしっかりのってくるところは、さすがにプロだ。しかも、芝居がやけに上手《うま》い。

それだけに、両者の間にある違和感がものすごかった。

「いいかげん　つっぱるのをやめろ　じょん！」

アーニャが渋い――と本人は思っているのだろう、低い作り声で一喝する。

しかし、惜しむらくは名前が間違っている。

（そいつの名前はジャックだろうが！　自分が勝手につけた名前ぐらい覚えといてやれよ！）

ユーリが心の中で叫ぶ。

「まあがれっとはどうする」

また、よくわからない名前が出てきた。

しかし、容疑者は、ハッとした顔でアーニャを見つめた。

アーニャが窓から視線を外し、容疑者の男を見つめ返す。

「まあがれっとは　まだ　おまえをまってるんだぞ」

「………」

「つみをつぐなって　こきょうへかえれ　そして　こんどこそ　まあがれっとをしあわせにしてやれ」

アーニャがそう言うと、容疑者がわっとスチールの机の上に泣き崩れた。

そして、

「お、俺が……やりました」

そう自白した。

アーニャは容疑者のもとへ歩み寄ると、ポンと男の肩を叩き、

「かつどん　くうか？」

染み入るような口調で、そっとつぶやいたのだった――。

（な……なんだったんだ。今のは……なんだったんだ）

ユーリが唖然《あぜん》としていると、

「素晴らしい！　相手の良心に深く訴えかけるやり方が、秀逸でした！　完璧です!!」

スタッフの女性が大きく手を叩き、大袈裟《おおげさ》にアーニャを褒めたたえた。今まで、ジャックないしジョン役だったキャストも一緒になって手を叩いている。

「立派に尋問をやり遂げたフォージャー警察官には、取り調べ体験修了のバッジを贈呈します」

「やたー　ばっじだー」

金色に光ったバッジを手わたされたアーニャは、子供らしく顔を輝かせて喜んだ。声もすっかり元に戻っている。

「アーニャ　じょうずだった？」

「ええ、とっても上手でしたよ」

「俺も最後、本気で泣きそうだったよ。やるなあ、嬢ちゃん」

二人がかりで持ち上げられ、アーニャは得意満面である。

「こりゃあ、将来は敏腕《びんわん》刑事だな」

「フフン　アーニャ　かんがえてみなくもない」

と満更でもないところを見るに、子供のやり方を全肯定する彼らの方針は、あながち間違ってはいないようだ。

だが——。

（いや……こんな取り調べで落ちる容疑者がいるわけないだろ）

こんなお粗末な小芝居で皆が皆、改心するなら、警察も秘密警察も必要ない。

（いいのか？　こんなんで、本当に明日の東国を担う人材を育めるのか……？）

ユーリ一人、取り残された思いでいると、ここで容疑者が交代となった。先程の男より若く、見るからにチャラチャラとしたイケメン風の男だ。

「では、今度はブライア警察官の体験になります。ブライア警察官はこちらに。フォージャー警察官は、そちらの記録係の席に座ってください」

「がんばれ　おじ」

「……ああ」

ユーリは仕方なく立ち上がると、説明を受けるため、女性スタッフのもとへ向かった。

無論、まともにやるつもりはない。

（まあ、あんなぐだぐだの尋問でオッケーなんだ。適当にやればいいか）

そんな風に軽く考えていたのだが……。


「ブライア警察官には、妻への度重なる暴行容疑で逮捕された男性を自白させてもらいます。容疑者は、妻の料理が下手だと殴る蹴るの暴行を加え、妻は鼻の骨を折るなど全治二週間の――」

「…………」

スタッフの説明を聞いた途端、頭の奥でカチッとスイッチの入る音がした。

無言でくるりと踵《きびす》を返す。

「あ、あのブライア警察官？　まだ、説明が……」

終わっていない、と慌てるスタッフの女性を、

「いえ。もう大丈夫です」

と軽く受け流し、容疑者の前の椅子に座る。

「――こんにちは。取り調べを担当します。ブライアです」

にっこりと笑顔を浮かべたユーリが、長い前髪《まえがみ》の下から容疑者を見すえる。

その目には容疑者のチャラついたイケメンフェイスが、憎きロイド・フォージャーに見えていた。

（妻を殴っただと……？　理由が妻の料理が下手だから？）

誰にもわからぬよう噛みしめた歯が、ギリッと鈍い音を立てる。

内心の煮え立つような怒りと憎しみを笑顔の下に覆い隠したユーリが、子供をあやすよ

うな声で「ダメじゃないですか」と言う。

「奥さんのこと殴ったりしたら」

すると、容疑者がヘラヘラと笑って見せた。

「嫌だなあ、刑事さん。俺は妻を殴ったりしてませんよ。アイツが勝手に転んでケガしたんです」

「……つまり、自分は悪くないと？」

口元には笑みを残したまま、ユーリの両目だけがすうっと細くなる。

「ええ。俺は被害者ですよ。むしろ」

大体、アイツがトロトロと料理如《ごと》きに時間をかけているのが悪い。いつもいつも同じようなメニューばかり作るのが悪い。と、妻をあしざまにののしる。

ユーリは口元の笑みを消さぬまま、

「――だったら」

とスチールの机に身を乗り出し、利き手で容疑者の男の側頭部をつかんだ。

「ボクがあなたの歯を全部折って、鼻を粉砕して、顎《あご》をブチ割っても、あなたが勝手に転んだことになりますね？　ボクはむしろ被害者だ」

「はぁ⁉」

あくまで明るく笑いながら剣呑なことを語るユーリに、容疑者役の男がぎょっとする。その顔を至近距離から見つめ返すユーリの顔から、笑顔がずるりと抜け落ちた。

「……おまえは妻を殴った」

氷のような声で告げる。

「なんの落ち度もない善良で無抵抗の妻を殴った。そして、その行いは万死に値する。よって、ボクがこの手で処刑する。裁判はない。即、極刑だ」

「‼」

「死をもって妻に詫《わ》びろ」

容疑者の頭から離した手をその喉元《のどもと》に伸ばすと、

「ひぃぃぃぃ‼」

ユーリの常軌を逸した様子に恐怖した容疑者が、真っ青な顔で震え上がった。もつれた舌で懸命に言い繕う。

「す、すみません‼　もももももう、しません‼　二度と妻を殴ったりしません‼　てか、これ全部、お芝居ですから！　俺、結婚してないですから！　独身です!!　彼女もいません!!　ホント、すみません!!　許してください!!」

（はっ！）

演技すら忘れて泣き叫ぶ容疑者——もといキャストの男に、ようやく我に返ったユーリが、慌てて彼から身を離す。

「あ……あの、こちらこそ、すみませんでした……つい、役に入りこんでしまったみたいで——」

必死に取り繕うも、キャストの男は怯《おび》えた顔でユーリを見ているだけで、何も言わない。女性スタッフも言葉を失ったように、その場に固まっている。

シーンと静まり返った室内に、今度はユーリが青ざめる番だった。

（何をやっているんだ。ボクは。適当に流すはずだったのに……）

もし、このことをアーニャが姉さんに話してもしたら……。

姉は変わり果てた弟の姿に嘆き、悲しむだろう。

それだけではない。

（最悪、姉さんにボクが外交官じゃなく、秘密警察だとバレるかもしれない）

そんなことになったら、あのやさしく穢《けが》れない姉がどんなにショックを受けることか――。

（ああ、ボクはなんてことを……これもあのロッティのせいだ。あいつの顔が頭に浮かんだせいで……く……ロイド・フォージャー許すまじ）

ユーリが内心、お門違いの責任をロイドへなすりつけていると、

「おじ　かっこいい……」

「？　え？」

震える声でアーニャがつぶやいた。

恐る恐る部屋の隅に座るアーニャを振り返ると、アーニャは未だかつて見たことのないような尊敬の眼差《まなざ》しをこちらへ向けていた。頬が紅潮し、二つの大きな目がキラキラと星のように輝いている。

「とりしらべのてんさい」

「いや、別に」

『**本職なのだから、天才も何もない**』と胸の内でつぶやいていると、興奮に鼻息を荒くし

たアーニャが、

「さすが　ほん――」

と言いかけ、不自然に言葉を止めた。そして、

「……ほん　いっぱいよんでる　おとな」

とよくわからない褒め方をする。

すると、今まで凍りついたように固まっていた二人も、一斉に熱烈な拍手をし始めた。

感極まったというように、

「あまりにも真に迫っていたんで、ちょっぴり引いちゃったぐらい、ホント、リアルでした！　もう臨場感が半端なかったです!!」

「お兄さん、マジ役者目指した方がいいっすよ!!　イケメンだし、マジ役者目指したら大成しますよ!!　俺、太鼓判押します!!　めっちゃ怖かったですから!!」

「あ……え……いや、そんなことは」

「いや、すごかったです！　まるで本物の刑事さんみたいな迫力でした!!」

「よかったら俺、事務所紹介するんで、今から役者目指しませんか!?　きっと、すげえ俳優になれますよ」

「いやぁー……アハハ」

本職なのだから当たり前だ。演技も何もない。実際、一ミリの芝居意識もなかった。あったのはロイド・フォージャーへの憎しみだけだ。

だが、こう手放しに褒められれば悪い気はしないのが人情である。しかも、ユーリはまだ二十歳と若く、これで存外に単純なところがある。

すっかりいい気分になった彼は、

「よし、次に向かうぞ!!」

「うぃー!」

アーニャを引き連れ、意気揚々、次なる体験へと向かったのだった……。

◉

「おじ　アーニャおなかすいた」

「そういや、もう夕方なのに、何も食べてないな」

「おなかとせなか　くっつきそう」

「じゃあ、フードスペースでホットドッグでも食うか」


あの後、ぶっ続けで、新聞記者、消防士、裁判官、検事、軍人、彫刻家、医師、鉄道運転士――と様々な職種にチャレンジし続けた二人は、昼を食べるのをすっかり忘れていた。

室内だがオープンテラス風に造られたカフェの丸テーブルで、ホットドッグとジュースとコーヒーの遅すぎる昼食をとっていると、急にぐったりしてきた。

アーニャなど、ホットドッグを食べながら、今にも眠ってしまいそうだ。

周囲の客たちも皆、疲れた様子で、心なしかその数が減ってきたように思えた。

「で？　おまえは何が一番、気に入ったんだ？」

コーヒーを飲みながらユーリが尋ねる。

「んー」

とアーニャが両足をぶらぶらさせながら、天井を見上げた。施設の天井には青々とした空と雲が描かれている。

アーニャは、はぁ、とアンニュイなため息を吐くと、

「きょういちにちで　はたらくすぎた　なんか　あそんでくらしたいきぶん」

「!?　な……ぶはっ」

まさかの返答に、ユーリが飲んでいたコーヒーを吐き出しそうになり、激しく咳《せ》きこむ。

「アーニャ　くもになりたい」

「…………」

「とりでもいい」

今日一日、そのすべての努力が水泡となって消え失《う》せていく音がした。

（ぐっ……なんたる時間の無駄）

それ以上に、姉になんと言ったらいいのか。

（なんでそこでそうなるんだ！　弁護士でも警察官でもいいから、ニート以外を選んでくれよ！）

ユーリが苦悶していると、アーニャが食べかけのホットドッグを皿の上に置き、ゴソゴソとポシェットを探ると、テーブルの上にパンフレットを広げてきた。

「アーニャ　さいごにここ　いきたい」

と指さす。

「は？　おまえはどの道、雲になるんだろ」

せめてもの意趣返しで嫌味を言うも、

「おじ　にんげんはくもにはなれない」

と哀れみを込めた目で言われ、ムカッとする。どうして普段はバカのくせに、こういう時だけ的確なことを言うのか。子供全般がそうなのか。それとも、この娘だけなのか。

「どれだ？」

一応、確認だけすると、アーニャが指さしているのは、施設の隅っこの方にあるアクセサリー工房だった。ブローチやネックレス、イヤリングといったアクセサリーのデザインを自分で考え、実際に作れるブースだ。

正直、かなり意外だった。

「おまえにこんなしゃれっけがあったとはな」

「アーニャ　おされさん」

だが、いかんせん時間が残り少ない。置き手紙はしてきたが、万が一にも姉に心配をかけるようなことがあってはならない。

「もうそろそろ、姉さんも帰ってくる頃だから、帰るぞ」

そう言うと、アーニャはわかりやすくしょげかえった。しょんぼりと肩を落とす。

「ははに　おみあげつくるつもりだった」

「え……」

驚いたユーリが目の前の少女を見やる。

「きょう　ははおよすみだから　アーニャといっぱいあそんでくれるっていってた　でもおしごとでダメになっちゃいました　ごめんなさいって　はは　なにもわるくないのにしょんぼりしてて　かわいそう」

「………」

拙いながらも一生懸命につづられたその言葉に、ユーリの胸が懐かしい痛みを覚える。それはきっと、かつて自分が同じ気持ちを姉に抱いたことがあるからだ。

『お仕事が忙しくて、なかなか一緒にいてあげられなくて、すみません。ユーリにはさみしい思いばかりさせちゃってますね』

謝られる度に、切なくて仕方なかった。

「だから　おしごとがんばったははに　きれいなむしのぶろーち　つくってあげようとお

もってた」

「────虫はやめとけ」

ユーリがボソリとつぶやく。

「姉さんは虫が大嫌いなんだ。だから、別のものにしろ」

「？　でも　おじ　もうじかんないって……」

「だから、さっさと食って、さっさと行くぞ」

「うぃー」

アーニャの顔が輝いた。

残りのホットドッグをせっせと食べ終え、椅子からぴょんと飛び降りる。


「アーニャ　むしはやめて　おはなのぶろーちにする」

「花はダメだ。ボクが姉さんに花のコサージュのついたヘアーバンドを作る」

「おじ　ぼーじゃくぶじん」

「バカのくせに、変な言葉だけは知ってるよな。おまえ」


そんなことをしゃべりながら工房へ向かう。

せがまれる前にその小さな手を引いていた自分に、ユーリはやはり気づくことはなかった――。

◉

「――もうそろそろ、帰ってくる頃でしょうか？」

ヨルは買ってきたサラダやリンゴのロースト、仔牛《こうし》のシュニッツェルをダイニングのテーブルに並べながら、壁にかかる時計を見やった。

できる限り早く戻るつもりだったのに、すっかり遅くなってしまったと、大慌てで帰ってきたのが今から十五分ほど前――。しかし、そこにアーニャとユーリの姿はなく、リビングのローテーブルの上に、『ステップ・ワーク・キッズに連れて行ってくる』という旨の手紙が置いてあった。

ステップ・ワーク・キッズといえば、同僚の既婚者・シャロンも話題にしていた人気の子供向けスポットである。

（てっきり、うちにいるとばかり思ってました）

あのユーリが、アーニャを連れて遊びに出てくれたのだと思うと、なんだかこそばゆいような心地になる。

ボンドにも、出かける前にちゃんと多めの水と多めのドッグフードをやって行ってくれたようだ。

結婚なんて認めない、と言ってはばからなかったのに——。

いざとなれば、こうしてちゃんと面倒を見てくれている。

（ユーリはホントやさしい子です）

短気で偏執的なところもあるものの、根はとってもいい子なのだ、と微笑みながら、ヨルはアーニャの好きなピーナッツがいっぱい入ったチョコレートケーキと、ユーリが好きそうなワインを食卓に添えた。

ロイドは帰りは夜中になると言っていたから、二人が帰ってきたら食べ始めよう。

「フフフ。ロイドさんのお料理には及びませんけど、美味しそうです」

時間がなくてほとんど手作りできなかったのが心残りだが、二人の帰りを待っている時間でスープだけは作れた。初めて挑戦する冷たいジャガイモのスープは、手前味噌《みそ》ながらかなりよくできた気がする。

少しだけ変な臭いがするが、きっと、香辛料のせいだろう。

「早く、二人が帰ってくるといいですね。ね？　ボンドさん」

「ボフッ」

ボンドがヨルの言葉に応じるように吠《ほ》える。

「スープ、喜んでくれるでしょうか？　うっかり玉ねぎを入れてしまったので、ボンドさんにスープの味見をさせてあげられないのが残念です」

「ボ、ボフゥ……」

何故か、ボンドがじりじりと後退《あとじさ》る。そして、耳をピンと立てると、うれしそうに「ボフフ！」と吠え、尻尾《しっぽ》を振りながら玄関へ向かった。

どうやら待ち人が帰ってきたようだ。


「アーニャ　てんさい　おはなのぶろーち　すてきすぎる」

「それを言うなら、ボクだ。見ろ、このヘアーバンドの可愛さ。可憐な姉さんにぴったりだ」

「はは　アーニャのやつ　ないてよろこぶ」

「むっ、図々《ずうずう》しい奴だな。姉さんはボクのヘアーバンドこそ泣いて喜ぶ」

「しょうぶだ　おじ」

「望むところだ。チワワ娘。あと、叔父と言うな」

「おじは　おじ」

何やらよくは聞き取れないが、小競り合いをしているような声が聞こえてくる。アーニャといる時のユーリはまるで小さな子供のようだ。

（すっかり、仲良しさんですね）

ヨルはくすくすと笑うと、弟と『娘』――大切な二人を迎えるため、愛犬の背中に続いた。

NOVEL MISSION : 3

「ちくしょー、黄昏《たそがれ》の奴《やつ》……オレは情報屋で、戦闘力はゴミだって言ってんのに……ちょいちょい巻きこみやがって」

バーリント総合病院の整形外科で診療を受けた帰り道、フランキーは仕事相手の一人である〈黄昏〉——もといロイド・フォージャーへの恨みつらみをつぶやいていた。

ここ東国《オスタニア》の首都・バーリントで売店を営むフランキーには、情報屋という裏の顔があった。フランキーは西国《ウエスタリス》から派遣されたスパイであるロイドに、必要な情報を流す。むろん、金銭と引き換えにだが、その仕事は文書偽造や名門校の入試問題の横流しなど多岐にわたる。

というのも、このロイド・フォージャーという男、一見虫も殺さぬような優男《やさおとこ》でありながら、多分に面の皮が厚く、おまけにひとづかいも荒いので、時に彼が任務のために養子にした子供の子守りや、スパイ任務まで手伝わされることもあるのだ。

今回もそのせいで腰《こし》を痛め、病院通いを余儀なくされている。

任務上の偽装工作として、ここの精神科に医者として勤めているロイドに治療費をつけてやろうかと、何度思ったことか。もっとも、そんなことをしたら後が怖いので、思うだけだが……。

（オレだって金持ってりゃ、正規の仕事以外はびしっと断れんだよ。オレは情報屋であって便利屋じゃねーんだから）

でも、その金がない。

フランキーが趣味と実益を兼ねてやっている、新しいスパイグッズの開発のためには、いくら金があっても足りなかった。

ゆえに、不条理な仕事と思っていても受けなければならないのだ。

色男、金と力はなかりけりと言うのに、色男であるロイドは金も力も持っていて、色男から程遠い自分が、金も力もないとは、世の中はなんと理不尽で満ちあふれていることか。

その上、ロイドにはあくまで任務上のニセ家族とはいえ、美人でスタイルの良い奥さんと、生意気だが可愛《かわい》いところもある娘に、犬までいる。

（オレだって、アイツみたいな顔だったら、女にもモテモテで順風満帆な人生を歩んでたっつーの！　すべては顔だ！　顔のせいだ）

そんなことをぼんやり考えていたら、つい道を間違えてしまったらしく、帰るつもりが、よくわからない場所に出てしまった。

庭のようだが人けがまるでない。

入院用の病棟が建っている、その裏辺りだろうか。

病院の入り口とは真逆である。

「マジか。ホント、ついてねぇな」

嘆息したフランキーが、頭をガリガリと掻《か》きながらもと来た道を戻ろうとすると、庭の隅の方から声が聞こえてきた。

見ると、茂みに真っ白なバラの花が幾つも咲いている。

声はその奥から聞こえてくる。

(歌声?)

あまりに美しいその歌声に誘われ、フランキーの足が茂みへ向かい進む。茂みの奥をそっとのぞくと、真っ白なパジャマ姿の少女が、両手を胸《むね》の前で合わせるような恰好《かっこう》で歌っていた。
十六、七ぐらいだろうか?
金色の髪《かみ》を腰のあたりまで伸ばした美しい少女だった。

少女は目を閉じ、一心に歌っている。そのせいか、闖入者《ちんにゅうしゃ》の存在に気づいていない。

(入院患者か)

それにしても、なんとキレイな歌声なのか。

安っぽい言い方だとは思うが、まさに天使の歌声だ。聞いたことのない、妙にセリフじみた歌詞も、少女の声質によく合っていた。

やがて、歌が終わる。

少女は目を閉じたままだ。裏庭に余韻に満ちた静寂が落ち、フランキーは反射的に拍手をしてしまった。

それに少女の痩せた肩《かた》がびくっとはねる。

「だ、誰……？」

怯《おび》えたような声でつぶやき、細い両腕《りょううで》で自分の上半身を庇《かば》う。

それに、しまった、と思う。

これでは不審者だ。

「い、いや、オレは決してあやしいものではなくてだな……」

フランキーが慌てて弁明する。

「えっと……ここの整形外科に行った帰りなんだ。なんか、キレイな歌が聞こえるなぁ～と思ったら、アンタが歌ってて、その、あんまりキレイだから聞きほれちゃって、声をかけそびれたっていうか……とにかく、驚かしちゃってゴメンなさい」

誠心誠意心を込めて頭を下げる。

少女は安心したように構えを解くと、

「私こそ、大袈裟《おおげさ》に怖がってしまってゴメンなさい」

そう言って謝ってくれた。

それから、少しもじもじとした後で、あの、と続けた。

「拍手、うれしかったです……褒めてくださって」

はにかんだようなその笑顔に、フランキーは「いやぁ……」とつぶやき、無意味に首の後ろらへんを掻いた。

「オレ、音楽とかあんまり知らないけど、じんときたっていうか。すげえ感動した。ホント、上手《うま》かった」

「きょ、恐縮です」

更なる褒め言葉に少女が耳まで真っ赤になる。

「でも、なんで、こんなとこで一人で歌ってたの?」

フランキーが入院病棟を見上げる。

「あ、そっか。病室で歌ってたら、注意されちゃうかもしれないもんな」

相部屋の人もいるだろうし、と言うと、

「いえ、病室は個室なのですが、夢中になるとどうしても声量を抑えられなくなってしまうので、近くのお部屋の方にご迷惑がかかっては、と」

少女がフランキーの疑問に生真面目《きまじめ》に答える。相変わらず目はつぶったままだ。

「完全防音のお部屋でしたらよかったのですが」

「いや、完全防音の病室って怖くない？」

フランキーはそうツッコミながらも、

（なるほど、お嬢様なのね）

と納得した。

ここバーリント総合病院は、首都で最も歴史のある病院だ。患者も政治家や芸術家、大企業の重役などＶＩＰが多く、個室の料金もバカ高い。

どうりで、浮世離れした雰囲気がすると思った。

着ているものもパジャマとは思えぬほど、上質な作りだし、きっと、蝶《ちょう》よ花よと育てられた深窓のご令嬢なのだろう。それにしては、少しも驕《おご》ったところのない良い子だった。

それとも、本当のお嬢様というのは皆、こんな風に穢《けが》れなく、おしとやかで、心やさしいのだろうか。

名門イーデン校に通う偽りのお嬢様の姿を思い出しながら、目の前に佇《たたず》む本当のお嬢様を眺める。すべてが違いすぎた。

（まあ、どの道、オレにゃあ縁のない世界だけどな）

フランキーが、じゃあ、と言って立ち去ろうとすると、

「——あ……あのっ！」


背後で、少女が思い切ったように言った。

「ん？　何？」

フランキーが振り返ると、少女がまぶたを上げた。その下にあったのは、びっくりするほど澄んだ目だった。まるで宝石のようにキレイなその瞳は、しかしフランキーを見ず、明後日《あさって》の方向を向いている。

「もし、お時間がおありでしたら……その、ご迷惑でなければなのですが……」

「？」

「もう一曲だけ、聞いてくださいませんか？」

真摯な声でそう懇願する少女は、確かにフランキーに向けてしゃべっている。だが、互いの視線が合うことはない。

ふと、少女の足下に白い杖《つえ》が置かれていることに気づき、ようやく察しがいった。

（ああ……この子、目が）

それで入院しているのだろうか。

それとも、目が見えないのはもとからで、別の病気なのか。

フランキーが少女の愛らしい顔を見つめる。少女はドキドキとした様子でフランキーの答えを待っていた。

「いいけど」

そう答えると、

「！　ありがとうございます！」

少女の顔が見る見る輝いた。まるで蕾《つぼみ》が花開いた瞬間のようなその表情に、思わずドキッとする。

（な、何をドキドキしてるんだ。ほんの子供じゃねえか）

そう己を叱咤《しった》し、

「べ、別に。今日は、帰っても特にやることないし」

フランキーはわざとぶっきら棒に告げた。

少女は気分を害するわけでもなく「はい」とうれしそうに肯《うなず》いた後で、恥ずかしそうに尋ねてきた。

「あの……お名前をお聞きしてもよろしいですか？」

「オレの？　フランキーだけど……」

「！　私《わたくし》は、アレッサと申します。アレッサ・バルツァーです」

フランキーが病院の裏庭で出会った少女はそう言うと、まさに花のような顔で笑った。

◉

「なんか、おまえ最近、妙に調子が良さそうだな」

「え？　そーお？　そう見える～？」

馴染《なじ》みのカフェのテーブル席で頼んでいた新型の小型録音機を受け取ると、ロイドは目の前に座るフランキーを気味悪げに見やった。

つい最近まで、失恋のショックからやさぐれていたのが嘘《うそ》のようだ。今も、鼻歌でも歌い出しそうな顔で、カフェの縦長の窓から外を眺めている。

「いやぁ、今日はいい天気だなぁ～」

「曇ってるぞ」

「いーの、いーの。オレは雨さえ降ってなきゃ、オールオッケーなんだって。雨降ってたら、外に出れないもんな。風邪《かぜ》でも引いたら大変だし」

異様に陽気な情報屋に、ロイドはいよいよ眉《まゆ》をひそめた。

（女にフラれすぎて壊れたか？　それとも、仕事のしすぎでナチュラルハイ状態になってるのか？　まずいぞ。こいつの情報収集力、子守り能力、斬新かつ高性能なスパイグッズの数々は、任務に必要不可欠だ）

そう考え、わざと何気ない声で、

「何かいいことでもあったのか？」

と尋ねると、フランキーはしまりのない顔で「ムフフフ」と笑った。そして、妙に気取った顔になると、

「強いて言うなら、砂漠に咲く一輪の花を見つけたってことかな」

そうつぶやいた。

（女だな）

確信する。

懲りずに、またどこぞの美女に片思いでもしているのだろう。

今度はどこの誰に惚《ほ》れたのか。

（まあ、片思いの状態なら特に問題ないだろう）

面倒なのはフラレた後だ。

また、くだをまいて飲んだくれるこいつの世話を焼くことになるのか、とげんなりしつつも、

（とりあえず、放っておくか）

そう結論づける。

すっかり習慣となってしまったミルクを注いだコーヒーを飲み、『妻』から言われていたことを思い出した。

「そうだ。フランキー。これから家にこないか？」

「むっ、また、ガキんちょの子守りか？」

「いや。ヨルさんが、いつもお世話になってるおまえに、何かご馳走《ちそう》したいって言っててな」

「そりゃあ、ありがたいけど、これからちょっと用事があるんだ。ヨルさんによろしく言

っといてくれ」

フランキーがうきうきと答える。

そして、あ、という顔になると、

「そうだ。た――ロイド。おまえ、イーデン校を受験する時に、ガキんちょの教養の一環で集めたクラシックのレコード、あったよな？」

「ああ――」

結局、ほとんど聞くことはなかったが、とロイドが胸の中でひとりごちる。

かける度に、何故《なぜ》か強烈な眠気を催すらしく、アーニャが熟睡してしまうため、徐々にかける気が失《う》せたのだ。今では部屋の隅でほこりをかぶっている。

すると、フランキーがテーブルの上に身を乗り出してきた。

「そん中に、オペラもあったりする？」

「確か、あったと思うが……」

「今度、貸してくれ！」

「はあ？」

ロイドが訝《いぶか》しげな顔でフランキーを見やる。この男がオペラに興味があるなど聞いたことがない。そもそも、音楽自体、それほど好きな男だっただろうか。

（そういや、前のモニカの時は、彼女の働いてるシガークラブに通い詰めてたな……）

葉巻の『は』の字もわからないのに。

（とすると、今度の相手は、さしずめオペラハウスのスタッフか？）

もしくは、楽器店や、クラシックカフェの店員か——。

どちらにせよ懲りない男だと思いながらも、了承すると、

「サンキューな、ロイド。んじゃ、オレはこれから大事な約束があるから！　じゃあな！」

弾んだ足取りでカフェを出て行った。

ロイドは、しばらく呆気《あっけ》にとられてその背中を見守っていたが、やれやれ、と大きなため息をもらした。


「……また、面倒なことを頼んでこないといいが」

フランキーから受け取った小型録音機を弄びながらつぶやく。

改良に改良を重ねたというそれは、驚くほど軽く、完璧な出来だった。

「まあ、そんなに大きなワンちゃんなんですか？」
「そーそー。その家のガキんちょが乗って走れるくらいデカイね。そーだな。小さなクマぐらいあるかな？　毛もふさふさでさ」

病院の裏庭にあるベンチにアレッサと仲良く並んで腰かけ、フランキーが大袈裟に言う。

この一か月の間、フランキーは時間が許す限り、この裏庭にやってきては彼女の歌を聞き、おしゃべりに花を咲かせていた。アレッサはフランキーが持ってくるちょっとしたお菓子や花をまるで高価な贈り物のように喜び、他愛《たわい》無い話にも、鈴が転がるような声で笑ってくれる。何より、フランキーと会えるのを楽しみにしてくれているのが、ひしひしと伝わってきて、アレッサの笑顔を見る度に、フランキーはこそばゆいような想《おも》いでいっぱいになりながらも、今までにない幸福感を味わっていた。

「偶《たま》に公園でフライングディスクとかすんだけど、バカ犬だから行くまではすっげーやる気満々なのに、ぼけーと見てるだけなんだよ」

フランキーがロイドの飼い犬について語ると、アレッサが「はぁー」とため息を吐《つ》いた。うらやましそうにつぶやく。

「私、小さい頃からずっと大きなワンちゃんが飼いたかったんです。でも、動物の毛は喉《のど》に悪いからって、お父様に許してもらえなくて……」

「ああ——」

と、フランキーが両眉を下げる。

しょんぼりとしたアレッサの横顔を可哀相《かわいそう》に思いつつも、

(まあ、そりゃそうだろうな)

とも思う。


なんといっても、アレッサはあの〝バルツァー〟の娘だ。

ロイドにはまた『ストーカー』と詰《なじ》られそうだが、情報屋のサガで、幼く見えるがアレッサが十九歳という年齢であることや、その出自や経歴まで調べ尽くしたフランキーである。

バルツァー家は著名な音楽家を輩出することで有名な一族で、アレッサの父親は世界的に有名なピアニスト、母親も世界的に有名なオペラ女優だ。三つ年上の兄は新鋭のバイオリニストとして世界中を飛びまわっているらしい。伯父《おじ》は権威ある楽団の指揮者を務め、叔母《おば》は天才と謳《うた》われる作曲家だ。

一家のパトロンの中には、東国の要人も少なくないという。

今年二十になるアレッサも、今から二年前に母と同じオペラ女優として、華々しいデビューを飾る予定だったが、神経系の病気で突如、視力を失い――今に至る。

それでも腐ることなく、誰もいない病院の裏庭で一人歌の練習をしている。

そんなアレッサにフランキーは尊敬の念すら抱いていた。

自分だったら、きっと何もかもが嫌になって、すっかりひねくれているだろう。世を拗《す》ねて自暴自棄になっているかもしれない。

だが、このひと月の間、少女の口から自身の境遇を嘆く言葉が出てきたことは、ただの一度もなかった。

それだけに、何かしてやりたいと思ってしまう。

「なら、来週にでも、ここに連れてきてやるよ。バカ犬だけど、基本大人しい犬だから怖くねえし。おやつでもあげてみたら？」

フランキーが提案すると、

「いいんですか?」

アレッサが真っ白な頰《ほお》を赤く染め、思わずベンチから立ち上がる。

だが、その顔はすぐに曇った。すとんとベンチに座り直す。

「何? やっぱり、毛が気になる? まあ、あいつ毛が長いしな」

だったら、どこかから短毛の犬を借りてくるから、とフランキーが言うと、アレッサは
「いえ……」と言いよどみ、ややあって、小さな声でつぶやいた。

「来週は目の手術があるんです」

「!? まじで?」

驚いたフランキーがアレッサをのぞきこむ。

「そんな、早く言ってくれよ! そんな、そんな大事なこと。なんで——」

「ごめんなさい」

「……いや、オレの方こそゴメン」

今にも泣きだしそうな声で謝られ、冷静になったフランキーがポツリと謝る。そして、
一転して明るい声を出す。

「それってさ、簡単な手術なんだろ? 一時間ぐらいで終わっちゃうような」

「……」

「難しい手術なわけ？」

アレッサが無言で肯く。光のない目をそっと伏せる少女に、フランキーの心臓《しんぞう》が嫌な音を立てた。

しばらく、どちらも口をきかなかった。

どんよりと曇った空からは、今にも雨が降り出しそうだ。

ややあって、アレッサがつぶやいた。

「……私、本当は怖いんです。お医者様は『麻酔で眠っている内に全部、終わるから、大丈夫だよ』って……でも、もし眠ったまま目がさめなかったら、って考えると怖くて……そしたら、もう大好きな歌も歌えないし、こうやってフランキーさんとおしゃべりすることもできない」

アレッサの声がかすれる。肩から胸元《むなもと》へやわらかなカーブを描いた見事な金髪《きんぱつ》が小さく震えていた。

「私、男の方とこんな風に楽しくしゃべれたの……フランキーさんが初めてなんです」

だから、と少女は震える声で続けた。

「このままでも、歌が歌えて、フランキーさんがそれを聞いてくれるなら」

「アレッサ……」

「私はそれで十分、幸せだから……」

アレッサがほとんど吐息のような声でつぶやく。

フランキーは胸が潰れるほどの喜びと、痛みとを同時に覚えた。

これほどまでに彼女が大切に思っている歌うことと、自分みたいな男を同列に思っていてくれることがうれしかった。

でも、それ以上に怖かった。

いかに医療技術が上がっているとはいえ、全身麻酔で手術を行う以上、絶対に大丈夫という保証はない。

アレッサが感じる恐怖と同じ恐怖を、フランキーもまた感じていた。

——だが、

「そうだよな。手術はこえーよな。わかるよ」

フランキーはあえて陽気な声を作って言った。声が震えないように、必死に自分を抑制する。

「オレの友達にもさ、ロイドってすかしたイケメン野郎がいるんだけど、親知らずを抜いた時に、あまりの恐怖で失神したんだぜ?」

「失神を?」

「それと、未《いま》だに注射が怖くて子供みたいに半ベソで逃げまわる」

「まあ……」

フランキーがでたらめを並べ立てる。その上で、わざとアレッサの耳元でこそこそと告げる。

「ていうか、これ実は全部、オレの話なんだけどさ」

「まあ」

「ナイショね」

アレッサがついに吹き出した。

ひとしきり笑い、それから「ありがとうございます」とささやくように言った。ようやくその顔に微笑《ほほえ》みが戻ったのを確認し、

「──大丈夫だ」

フランキーは先程とはまるで異なる、やわらかい声を出して言った。

「アレッサの手術はきっと上手くいく。こんなにやさしい、いい子が不幸になんかなるはずない。オレが保証する」

「フランキーさん……」

アレッサは涙ぐむと、

「そんなことないんです」

かすれる声でそうつぶやいた。

「私はフランキーさんが思ってくださるようないい子でもなければ、やさしくもありません。ずっと鼻持ちならない嫌な奴《やつ》だったんです。自分は特別だって思ってました。他人を見下して、この世界のキレイなものや輝かしいものは全部、自分のものなんだって、思い上がってた。だから、今も、お見舞いにきてくれるようなお友達が一人もいないんです」

その人形のように美しい横顔は淋《さび》しそうではあったが、自己憐憫《れんびん》の色は微塵《みじん》もなかった。自分の愚かさを恥じながらも、しっかりと前を向いている者の潔さに胸を打たれ、フランキーが少女の横顔を見つめる。

「でも、こうして目が見えなくなって、色々なものを失《な》くしたけど、本当に大事なものが、本当にキレイなものが見えるようになったんです」

かすかに湿り気を帯びた風がアレッサの髪を弄ぶ。

アレッサはこちらを向くと、やわらかく微笑んだ。

「私を元気づけようと、いつも楽しい話をしてくれてうれしかったです。フランキーさんは一度も『がんばれ』って言わなかった。『大丈夫か?』『大丈夫だ』って、いつもそう言ってくれた」

「…………」

「私、アナタに会えてよかった」

その深い榛《はしばみ》色の瞳はフランキーを映しているのに、彼女にはフランキーが見えていない。

だが、それ以上に深い隔たりを、フランキーはアレッサと自分との間に感じていた。

アレッサはフランキーをキレイなものだと、そう言ってくれている。視力を失くし、多くを失くした今だからこそ気づけた大事なものだと。

だが、フランキーはアレッサに本当の自分を伝えていない。

「私、手術を受けます。だから、これからも……ずっとずっと、私の側《そば》にいてくださいませんか？」

「…………そんなことを言って、オレ、すげえちんちくりんのブサイクかもしれねえぜ？」

真っ白な頬を赤く染め、恥ずかしそうに言うアレッサに、フランキーがわざといつものようにまぜっかえす。

するとアレッサが少しだけ怒ったように言った。

「そんなことといいんです。どんなお顔だっていいんです。ちんちくりんだって、ブサイクだって、フランキーさんがいいんです！」

そして、耳まで真っ赤になると、

「あ……す、すみませんでした。私まで、ちんちくりんとかブサイクとか……そ、そういうつもりでは……ただ、私はそんなことはちっとも気にしないと、そう伝えたいだけで……別にフランキーさんのことをちんちくりんとかブサイクとか言ったわけでは――」

「バカだなぁ……アレッサは、ホント」

今だけは、アレッサの目が見えなくてよかったと思った。

今の顔は誰にも見られたくない。

「あの？　フランキーさん？」

フランキーが黙ってしまったのが不安なのか、アレッサが細い指をこちらに伸ばしてきた。

頼りなく宙を掻くそれを、思わず両手でつかまえる。

「よかった」

と少女が見えぬ目で笑う。

「フランキーさんが何処《どこ》かへ行ってしまったみたいな気がして」

「…………」

少女の指は細く、ガラス細工のように儚《はかな》くて、今にも折れそうだった。

握りしめたいと思ったそれを、フランキーはそっと放す。

「ホラ、雨が降りそうだから、部屋に帰れ。手術前に風邪でも引いたら、大変だぞ」

「――はい」

いつもの口調でそう言うと、アレッサは大人しく肯いた。


「包帯が取れる頃に、また会いに来てくださいね」

「おう」

入院病棟の前で、いつまでも手を振ってくる少女と別れたフランキーは、ある決意を胸にロイドを呼び出した。

◉

（面倒なことになる気はしていたが、本当に面倒なことになるとは――）

自分の勘が当たったところで、少しもうれしくない。

ロイドは腕組みした恰好でしばらく沈黙すると、目の前の男を見すえた。

「つまり、その娘の包帯が取れる日に、別人のような顔にしてくれ、とそういうことか」

「ああ。頼む」

「却下」


いきなり電話で呼び出され、とある路地裏で落ち合ったフランキーが語ったのは、大方、想像していた通りの事柄でありながら、ある意味、想定外でもあった。

デートの必勝法を教えろや、恋愛相談、モテの秘訣《ひけつ》を教えろなどといったことは今までにもあったが、顔を変えてくれとまで言うのは、さすがに初めてだ。

それだけ本気なのだろう。だが、特殊マスクを使用して別人になりきり、女性と付き合うなど、以《もっ》ての外だ。

第一、そんなごまかしがいつまでも通用するはずがない。

フランキーは情報屋であってスパイではない。素人《しろうと》である以上、いつか必ずボロがでる。

「恋愛は自分の顔でがんばれ。以上だ」

そう言って立ち去ろうとすると、

「待ってくれ！　前に〈SSS《エスエスエス》〉に変装して、ヨルさんに職質をかけたことがあっただろ？　あの時みたいな感じでいいんだ！　いや、今度は髪型も変えて欲しい！　服装もいつものオレとは違う雰囲気でいきたい！　全部、見立てて欲しいんだ!!」

フランキーが追いすがってきた。

ロイドの腰にしがみついてくる。

「とにかく、オレの顔から一番、遠い感じにしてくれ。前のイケメンフェイスは、なんだかんだ言って、オレに近かったからな」

「いや、どこがどう近かったんだ？」

図々《ずうずう》しい、と言ってロイドがフランキーの手を腰からはがす。

だが、フランキーはまるであきらめない。

「金髪碧眼《へきがん》の美形とか、あ、おまえに似た感じだと嫌だな。サラサラ長髪黒髪の童顔系イケメンとかどうだ？　吊《つ》り目に細眉、細面のインテリ系でもいいぞ？」

「悪いことは言わないから、ありのままで勝負しろ」

ロイドが嘆息する。

「前にも言っただろ？　女性を騙《だま》して交際するのはよくない」

「だから、おまえにそれを言われたくねえよ！」

「そうか。じゃあな」

「わ、待て！　待って、お願い!!　黄昏さま!!」

笑顔で踵《きびす》を返したロイドの前に、すかさずフランキーがまわりこんで来る。「頼むよ。おまえしかいないんだ。この通り!!」

そう言って、地面に這《は》いつくばり、その場に額《ひたい》をこすりつける。はるか東の島国で知られる『ドゲザ』という作法だ。

いつも以上にしつっこい――というにはいささか常軌を逸した様子のフランキーに、ロイドが真面目な声で尋ねた。

「そんなに惚れてるのか？」

「………」

フランキーは答えない。

いつもならば、いっそ食い気味に『そうだよ！　だから、協力してくれよ!!　この卑しいモジャめにお慈悲を！』ぐらいは言ってくるだろうに。

（本気なのか……）

ならば、尚更《なおさら》、手を貸す気にはなれなかった。

「なあ、フランキー。デートの必勝法を教えるぐらいだったら、オレも協力してやる。だが、別人になって上手くいったとして、その後はどうするんだ？　その度に、オレに頼んで顔を変え続けるのか？」

そんなことは不可能だ。己の顔を捨てるということは、そんな生やさしいものではない。フランキーとて、それがわからぬほど愚かではないはずだ。

「そのまま会え。おまえが本気でその子のことを思うなら。それが一番だ」

そう言って、今度こそ立ち去ろうとすると、

「────ツァーだ」


額を地面に押しつけたまま、フランキーがつぶやいた。路地裏の硬い石畳の上で、ロイドの足が止まる。

「なんだ？」

「バルツァーの娘なんだ」

フランキーはそう言うと、顔を上げた。レンズの奥にある目からはどんな感情の色もうかがえなかった。

ロイドが眉をひそめる。

「バルツァー……あの名門の音楽一家か？」

「ああ」

世界に名高い音楽家を輩出する名門中の名門だ。

後援者の中には、〈WISE《ワイズ》〉がその情報を欲する東国の大物がうようよいる。ロイドにとっても正直、喉から手が出るほどに欲しいパイプだ。

「アレッサ自身も、オペラ女優として将来を嘱望されてた。元通り目が見えるようになって、世界的に活躍するようになれば、それこそ色んな情報が手に入る」

フランキーが淡々と告げる。

「それなら、おまえにとっても、損はない話だろ」

その声はひどく冷たくロイドの耳に届いた。

「…………おまえはそれでいいのか？」

自分でも驚くほど乾いた声が出た。

それに答えるフランキーの表情は、今まで見たこともない代物《しろもの》だった。


「――ああ。いいね」

「そうか」


ロイドは短く答えた。

(それが、おまえの答えなのか)

今更、善良な市民を気取《きど》る気は毛頭ない。フランキーが提案してきたことは、間違いなくロイドに多大な利がある。スパイとして喜んで受けるべきだ。

なのに、目の前の男に失望を覚えている自分がいた。

これまでに沢山の女性を騙し、利用し、価値が無くなればあっさり捨ててきた。それらを弁明するつもりもなければ、許されようとも思わない。

ロイドには自分の手を汚してでも、守るべきものが、任務があったからだ。

そこには一かけらのエゴもない。

だが、フランキーのそれは愛する人を失いたくないあまり、その相手を騙し、あまつさえ無自覚の情報提供者にしようとしている。

それに失望したのだ。


フランキーはロイドのようなスパイではないというのに……。

それは何故だろうと考え、不意に、理解した。

（ああ……そういうことか）

がっかりしているのだ。自分は。この男に。

この男はバカだが、そういったクズではないと信じていたのだ。お調子者だが憎めず、マヌケでどこか人の好《よ》いところのある男だと。

とどのつまり、自分はこの飄々《ひょうひょう》としたお調子者の情報屋のことが嫌いではなかったのだ。

とうの昔に捨てたはずの『友情』などという感情を、わずかなりともこの男に抱くほどに――。

（バカらしい）

ロイドは己の感情にかすかな苛立《いらだ》ちを覚えた。

何人《なんぴと》も信じず、何人に対しても情を抱かない。それが鉄則ではなかったか。

そうしなければ、自分たちのような人間は生きていけない。

(オレはスパイとして任務に必要な情報を引き続き、この男から得ればいい)

それだけだ。

それ以上でもなければ、それ以下でもない。

片思いの相手にフラれたこの男に酒を奢《おご》って慰めたり、夕食に呼んだり、モテの極意などといったバカらしいことを教えたりするような間柄である必要は、元々、どこにもなかったのだ……。


「わかった」

ロイドが言葉少なにそう答えると、

「恩に着るよ」

フランキーが安堵《あんど》の言葉をもらす。

その顔はすっかりいつもの彼だった。

「ありがとな」

「…………」

冷ややかな目で一瞥《いちべつ》すると、ロイドは今度こそ踵を返した。

◉

その日は、これ以上ないほど晴天だった。

表向きとはいえ自分の職場でもある病院だ。こそこそする必要などないのだが、ロイドはなるべく人目につかぬよう建物の陰に身を隠し、フランキーと少女の待ち合わせ場所に潜んでいた。

いざという時の逃走経路として考えていたこの裏庭は、相変わらず人けがない。誰がどういう意図で植えたのかわからぬ白いバラの茂みが、どこか物寂しさを感じさせた。

「——あの、フランキーさんですか……？」

遅れてやってきた少女・アレッサは、おどおどとした様子で、バラの茂みの横のベンチに腰掛けるフランキーに声をかけた。

「おう」

と答えフランキーが立ち上がる。

その姿は、まるで別人だ。

やわらかでやや癖のある茶色い髪や、ほっそりとしたやさしげな童顔は、フランキーの小柄な体型によく似合っていた。シンプルなグレーのタートルネックに明るめのデニムを合わせ、足下にはフラットなスニーカーという出で立《いた》ちも、普段の彼の装いとは異なっている。

すべて今日のために新たに揃《そろ》えたものだ。

彼のトレードマークとも言うべき、黒ぶち眼鏡《めがね》や左耳のピアスも取っている。

「手術、無事に終わってよかったな」

「はい」

フランキーが偽りの顔で微笑むと、少女もはにかんだ顔で笑った。その顔にはフランキーへの明らかな思慕が浮かんでいる。

アレッサは誰の目にも愛らしい少女だった。

その美しい容姿と若さ、バルツァーの名、そしてフランキーから聞いた歌に対する情熱があれば、きっと母親に負けぬオペラ女優になるだろう。

そして、多くのパトロンを得る。

好むと好まざるとにかかわらず、彼女の元には玉石混交——様々な情報が流れこむことになる。

結果、アレッサは思慕を寄せる男の手で無自覚の情報源となる。

あれ以来、フランキーとはろくな会話をしていない。今朝《けさ》、特殊メイクを施した際にも必要最低限のことしか話していなかった。

(おまえはこれで本当によかったのか?)

ロイドは知らず、胸の中で問いかけている自分に気づき、苦笑した。

どこまでも合理的に考え、できる限りスムーズにことを運ぶ。——そう考え生きてきたはずが、いつからか無駄なことをしたり、悩んだりするようになった。

頭の中に浮かんだ二人の人物の顔に、ロイドが両目を細めていると、

「これ、退院のお祝いだ」

「! ありがとうございます……」

バラの茂みの横では、フランキーに花束をわたされたアレッサが、うれしそうに頬を赤らめていた。

「——すごくキレイ」

と真っ白なダリアの花に顔をうずめるようにしてつぶやいた。

続いて、退院はいつ頃になりそうだとか、今度、うちにも遊びに来て欲しい、父や母、兄にも会って欲しいということを楽しそうに話す彼女を、フランキーは穏やかな顔で見守っている。

「それから、私、遊園地に行ってみたいんです。一度でいいから観覧車に乗ってみたくて。今までは練習練習で、そんな時間は作れなかったんですけど……でも、手術の後ですし、少しゆっくり静養するようにって、お父様やお母様も言ってくださっていて……もし、お嫌でなければ、フランキーさんと一緒に行きたいなって……」

アレッサがささやかな願いを語る。

もちろんだと、笑顔で答えるとばかり思っていたフランキーは、しかし、アレッサのお願いに肯くことはせず、

「――あのさ」

と穏やかな声でつぶやいた。

「オレ、今日はアレッサにどうしても伝えなきゃいけないことがあるんだ」

「？　なんでしょうか？」

アレッサがニコニコと尋ねる。

なんの疑いも抱いていない、幼い子供のように相手を信じ切った目だった。

フランキーの瞳が、一瞬、宙を泳ぐ。

だが、すぐに目の前の少女を見つめ直すと、やわらかく微笑んだ。

「オレ、急な仕事でこの国を出るんだ。だから、もう会えないんだ。ゴメンな」

「え……――」


アレッサのこぼれるような笑顔が凍りつく。

ロイドもまた、思いもよらぬフランキーの言動に困惑していた。

フランキーは、ただ微笑んでいる。ロイドに作らせた別人の顔で、静かに笑っている。

狼狽《ろうばい》したアレッサが、手の中の花束をぎゅっと握りしめる。


「どうして……？　だって……そんな…………フランキーさん約束してくださいましたよね？　ずっと私の側にいてくれるって……」

「ゴメンな」

フランキーの声はやさしかった。これ以上ないほどやさしかった。けれど、決して覆ることのないことを告げる人間の強さと、やわらかな拒絶がそこにはあった。

アレッサの目に見る見る涙が浮かび上がる。

「ひどいです……」

堪《こら》え切れず彼女が泣き出すと、フランキーはもう一度「ゴメンな」と言った。

そして、

「なあ、アレッサ。最後に一曲だけ歌ってくれないか？」

と頼んだ。ロイドにはそれが、祈りの言葉のように聞こえた。

アレッサはしばらく啜《すす》り上げていたが、やがて、涙にかすれる声で歌い始めた。透き通るほどに美しいその声で、少女は悲しい恋の歌を歌う。フランキーはそんな少女の声を、姿を胸に焼き付けるように、聞いている。

ロイドは目を伏せると、二人に気づかれぬよう、静かにその場を後にした。

◉

「よお」「…………」


いつものバーに立ち寄ると、すでに赤ら顔になったフランキーがカウンターでグラスを傾けていた。

もうマスクはしていない。

ロイドが一つ空けた席に座る。

寡黙な老マスターにマティーニを頼むと、

「相変わらず、気取ったモン飲んでんなぁ」

とフランキーが茶化す。

そのくせ、

「マスター。オレもそれで」

と自分も同じものを頼んでいた。

ほどなくカクテルが出され、しばらくどちらもオリーブの沈んだ辛みの強いカクテルを

味わっていたが、やがて、

「悪かったな」

ボソリとフランキーが告げた。

「おまえを騙すような真似《まね》までして」

「――いや」

ロイドはグラスの中のカクテルに目を落とすと、

「むしろ、そうじゃなきゃオレはおまえを軽蔑《けいべつ》してた」

そう言った。

「ハハ……やっぱ変わったな。おまえ」

フランキーが小さく笑う。

「そんなんじゃ、早死にすんぞ」

言葉とは裏腹に揶揄《やゆ》するような色はなく、どこか労《いたわ》るような、案ずるような響きさえあった。

しばらくまた無言で酒を飲むと、フランキーが目尻《めじり》の赤く染まった目を伏せて「オレはさ……」と言った。

「アレッサにはこれから先、本当にキレイなものの中で生きていて欲しいんだ」

「……そうか」

その中に、闇の中で生きる彼自身は入らなかったのだろう。

だから、自らその手を離したのか。

（あの子なら、今までの女性たちのように、コイツの見た目で拒むようなことはなかっただろうに）

きっと、見た目も含めすべてを受け入れてくれたはずだ。

あるいは情報屋という裏の顔すらも……。

（いや、逆か――）

フランキーはわかっていたのだ。

少女の純粋な想いをわかっていたからこそ、恋に盲目になった卑劣な男を演じてまで、ロイドの手を借り、別人になりすました。

この先、たとえ道ですれ違うことがあっても、アレッサがフランキーに気づくことはない。

「なんで、正直に話さなかったんだ」

「ん？」

「『自分をあきらめさせたいから、手を貸してくれ』そう素直に言えばよかったんだ」

そうしていれば、普通に力になってやっただろう。あんなまわりくどい真似をする必要はどこにもなかったはずだ。

だが、フランキーはロイドのもっともな疑問に、

「やだよ！　そんな恥ずかしいセリフ言えるかってーの！　第一、オレの勘違いだったら、どーすんだよ!?　死ぬほど悲しいだろ!!　バーカ！」

そう言って鼻を鳴らした。

それはすっかり、いつもの調子だった。

ロイドが空になったグラスを傾ける。中に残ったオリーブが小さく揺れた。


「まさか、おまえに欺かれるとはな」

「アハハ。オレも捨てたもんじゃねえだろ」

フランキーがケラケラと愉《たの》しそうに笑う。

「チクショー、ホントは付き合いたかったぜ！　ついカッコつけちまった、オレのバカバ

カバカ！」

そう言って、カウンターに突っ伏し、わざとらしく号泣してみせる。

芝居がかったその泣き方の陰に、彼の本当の涙を見てしまわぬよう視線を逸《そ》らしたロイドは、もう二杯、友と自分の分のカクテルを頼んだ。

◉

「退院おめでとうございます」

「これからもがんばってください」

「いつか、絶対、オペラの舞台、観に行きますね」

「お父様とお母様にくれぐれもよろしくお伝えください」


「――皆さま、本当にお世話になりました」

大輪の花束をわたされ、院長以下担当の医師や看護師に盛大に見送られながら、少女は病院の入り口で待つ迎えの車へと向かった。

皆、とても良くしてくれた。

だが、誰よりもここにいて欲しい人はいない。

少女は別れ際に『ひどい』と彼を責めてしまった自分を悔やんでいた。彼にだって色々な事情があるだろうに、一方的に責めるような言葉を口にしてしまった自分の幼さが、今はただ恥ずかしい。

(フランキーさん、ごめんなさい)

そして、ありがとうございました、と胸の中で告げる。

この空の下、たとえどこにいようとも、彼は自分を応援していてくれる。今はそう思うことができた。

少女が彼との想い出の詰まった病院を振り返る。

すると、通りを歩いてきた若い男とすれ違った。

懐かしいタバコの匂いが鼻孔をくすぐる。

(!?　フランキーさん――)

咄嗟《とっさ》に顔をほころばせかけたが、すぐに人違いだとわかる。

髪の色も髪型も顔も、何から何まで、彼女の知る彼とは違った。

気落ちした少女は、そんな思いを振り切るように車へと乗りこんだ。

少女を乗せた車が走り出す。
男が静かに別れの言葉を口にしたのを、無論、少女は知る由もない。

NOVEL MISSION：4

「ボンド　とってこい！」

「ボフッ」

「アーニャさん、ボンドさん、あまり遠くへ行ってはダメですよー」

「大丈夫ですよ、ヨルさん。ボクが見てますから」


抜けるような青空の下、公園の芝生に大判のレジャーシートを敷き、手作りのサンドイッチとフルーツサラダ、デザートの焼き菓子を並べ、愛犬とフライングディスクで遊ぶ愛《まな》娘《むすめ》を見守る仲睦《なかむつ》まじい夫婦――。

（完璧だ）

まるで幸せな家族の見本のような自分たちの姿に、〈黄昏《たそがれ》〉ことロイド・フォージャーは、至極、満足していた。

これなら、誰がどう見ても偽装家族には見えないだろう。

スパイは周囲のちょっとした疑念や不信から足をすくわれるものだ。ゆえに、ロイドはこうして定期的に、家族の仲睦まじい姿を周囲にアピールしている。

今日も朝から同じマンションに住まう幾つかの家族に出くわし、挨拶やちょっとした会話を交わしていた。

忙しい任務の合間を縫って時間を作った甲斐《かい》があったというものだ。

「晴れてよかったですけど、風がちょっと冷たいですね」

「こんなこともあるかと、ブランケットをもってきたので、よろしかったら使ってください」

ロイドとヨルが和やかに話していると、芝生を駆けまわっていたアーニャがボンドと共に戻ってきた。

「ちちー」

「どうした？　アーニャ」

いかにも子煩悩な父親という態《てい》で、ロイドが勢いよく走ってきた我が子を抱きとめる。

「お腹《なか》でも空いたか？　サンドイッチがあるぞ？」

そう言うと、アーニャは「んーん　まだへってない」と答え、自分の背後を指さした。

「あのひと　ちちにはなしあるって」

「あの人？」

眉《まゆ》をひそめたロイドが顔を上げると、少し離れたところに、くたびれたトレーナーに色あせたデニム、ボロボロのスニーカーという出《い》で立《た》ちの若い男が立っていた。

全体的に細長い男だ。肩《かた》から布の巨大なバッグを下げ、左手に折り畳み式のイーゼルを抱えている。見れば、トレーナーやデニム、スニーカーにまでも色とりどりの絵具がこびりついていた。

画家にしては若すぎる。その身なりから美大生だろうか。

（組織の連絡員から接触要請の目印はなかったはずだが――）

そもそも、偽装とはいえ、エージェントの家族に直接接触してくるなど、連絡員としては杜撰《ずさん》すぎる。組織とは、まず無関係だろう。

だが、引き続き警戒は必要だ。殺気はまるで感じないが、敵のエージェントということもある。

そんなことを素早く考えていると、青年がこちらに近づいてきた。

立ち上がったロイドが人畜無害の笑みを浮かべ、青年に尋ねる。

「何か、この子がご迷惑でもおかけしましたか？」

「いえ。そうではなくて。えっと、ボクは絵を描いています」

青年が告げる。どこか平坦《へいたん》な印象を受けるしゃべり方だが、聞き心地のよい声だった。

「でも、最近はずっと何を描いたらいいのか、自分が何を描きたいのかわからなくなってしまって……ボクの絵には何かが足りないんです。でも、それがわからなくて……いわゆる、スランプでした。今日もまったく思い浮かばなくて、仕方ないから帰ろうとしていたら、さっきようやく、これだ、って思えたんです」

そう言うと、青年はペコリと頭を下げた。

「どうか、ボクの絵のモデルになってください。お願いします」

「は？　モデルですか？」

ロイドは驚いた表情を作りつつ、内心、眉をひそめた。

(何を言っているんだ？　この男は)

まさか、本当に敵組織のエージェントで、何かを狙っているのだろうか？

だが、青年に嘘《うそ》を吐《つ》いている様子は微塵《みじん》もない。ロイドは職業柄、人の嘘を見抜く能力に長《た》けている。目の前の青年には嘘を吐いている人間の特徴がまるで当てはまらなかった。

「ちち　もでるになる？」

両手を胸《むね》のところで握りしめたアーニャが、はすはすと興奮する。

すると、青年が「いえ」と頭《かぶり》を振った。その拍子に、艶《つや》の無い黒髪《くろかみ》から、きついテレピンの匂いがした。見れば、髪の毛にも油絵具がこびりついている。

「お父さんだけではなく、ご家族全員にお願いしたいのです」

「ボンドも？」

「ああ。ワンちゃんも、もちろんです」

「ボフッ」

「あ、これはご丁寧に。よろしくお願いします」

青年がボンドにまるで人間に対するように頭を下げ、差し出された前足を恭しく握っている。

どうやら本当にただの善良な画家の卵のようだ。

だが、困った申し出であることに変わりない。

さて、どうしたものか、とロイドが逡巡《しゆんじゆん》する。

（スパイとして、たとえ絵のモデルとはいえ、〝ロイド・フォージャー〟の痕跡をむやみに残すのはまずいが……）

表情には出さず、視線だけでさりげなく周囲の様子を探る。

思った通り、周囲の好奇な眼差《まなざ》しが自分たちに集まっていた。

近くにレジャーシートを敷いてくつろいでいたカップルなど、面白がってこちらの様子をうかがっている。

「なんだって？」

「なんか、絵のモデルになってくれって。美大生の課題とかじゃない？」

滞りなく任務を全うするためには、ここで変に注目を浴びるわけにはいかない。

かといって、勤勉な学生の頼みを無碍《むげ》に断るのも、それはそれで外聞が悪い。

（どこで誰に見られているか、わかったもんじゃないからな。噂《うわさ》好きのお向かいの主婦にでも見られたら――――）

『ねえ、聞いてぇ。フォージャーさんのとこ、美大生に絵のモデルを頼まれて、けんもほろろに断ってたのよぉ』

『まあ、意外に冷たいのね。あのご一家』

『絵ぐらい描かせてあげたらいいのにねえ。減るもんじゃないんだし』

『あら、何か描かれてまずいわけでもあるんじゃないの？』

そんな会話が容易《たやす》く想像できた。

(平凡かつ善良な一家としては、未来ある青少年の育成に一肌脱ぐべきか？　いや、なんといっても今日は休日だ。偶《たま》の家族水入らずを大切にしたいと断るのが妥当だろう)

素早く結論を出したロイドが、

「大変申し訳ないんですが、このところ仕事続きで、今日はようやくとれた家族との時間なんです……」

やんわりと断りの言葉を並べようとすると、

「へあーーーーーーーーーーっ!!」

アーニャが妙な声で叫んだ。

「なんだ、おまえ。いきなり――」

「そ　その　しーる」

アーニャがわなわなと震える手で、青年の布バッグの裏を指さす。

「ああ、これですか？」

青年がひょいとバッグを裏返すと、下の左隅にキラキラとした丸いワッペンが貼ってあった。中央に、アーニャの愛するアニメキャラクター〝ボンドマン〟が描かれている。

「ボンドマンチョコのおまけです。カバンの目印に丁度いいかと思って」

「めったにでない　まぼろしのおまけ」

アーニャが震える声でつぶやく。

おまけ好き、そしてボンドマン大好きのアーニャとしては、まさに垂涎《すいえん》の品なのだろう。

嫌な予感がしたロイドが、

「ボンドマンチョコだったら、帰りに買ってやるから」

ワッペンにくぎづけになる娘をなだめようと、その小さな肩に手を置くと、青年がことなげに言った。

「よかったら、さしあげますよ？」

「ほんと!?」

アーニャの顔がパァッと輝く。

「接着剤で貼りつけちゃったので、バッグごとさしあげます。中身はあげられないので、どこかでゴミ袋でも探してきて、それに入れますね」

そして、言葉通りゴミ袋を探しに行こうとする青年を、ロイドは慌てて止めた。

「いえ、そこまでしていただく理由が――」

「ですが、その子はとってもこれが好きみたいです。なら、その子に持っていてもらう方が、これにとっても幸せです」

青年は淡々とそう言うと、近くに停まっている移動販売車のところへ行き、黒いゴミ袋をもらって戻ってきた。

バッグの中に入っていたものをなんのためらいもなくゴミ袋へと移し、

「はい。どうぞ」

「あざざます」

ボンドマンのレアワッペンつきバッグを手わたされたアーニャは、小躍りせんばかりに喜んでいる。

(くっ……なんなんだ？　この男は)

モデルを引き受けてくれる代わりに、などといった交換条件を提示してくるわけではないところが非常にやりにくい。そうであれば、こちらもいかようにもやりようがあるのだが、心底、善意しかない人間というのは一番対処に困る。

(仕方ない……)

とロイドは腹を決めた。

何も、有名な画家の絵に描かれるわけではない。美大生に描かれるぐらいならば、問題はないと己に言い聞かせた。

「娘のために本当にありがとうございます。ボクら家族でよかったら、喜んでモデルを引き受けますよ。ね？　ヨルさん」

レジャーシートに座りこちらを見守っているヨルに同意を求めると、人の好《よ》い妻はこくこくと肯《うなず》いてみせた。

「ええ、アーニャさんもとても喜んでいますし、私たちでお手伝いできることでしたら」

やわらかな笑顔で応じる。

青年はといえば、

「えっと……ボクそんな感謝されるようなことしましたっけ？」

ときょとんとしたものの、モデルの依頼を受けてもらったのは素直にうれしかったようで、

「ありがとうございます。とても助かります」

体を深く折り曲げるようにして頭を下げ、ロイドに向かって絵具に汚れた右手を差し出してきた。

「ボクは、フェリックス・カーティスといいます」
「ご丁寧にどうも。ボクは――」

反射的に青年ことフェリックスの右手を握り返したロイドが、簡単に自己紹介をしかけ、それを止める。

（フェリックス・カーティス？）

フェリックス・カーティスといえば、今を時めく人気画家である。かなりの変わり者で、滅多に表舞台に出ることがないため、ほとんどと言っていいほど顔は知られていないが、最近、彼の絵が驚きの値段で落札されたという新聞記事を読んだばかりだ。

（まさか、本人？　いや、でも確かフェリックスは三十半ばだったはず……）

だが、目の前の男は、見ようによっては十代にも見える。全然記事と違うじゃないかと思いつつも、気を取り直したロイドが言葉を続ける。

「失礼、ロイド・フォージャーです。いや、驚きました。画家のフェリックスさんと同姓同名なんですね？」

「ええ。本人ですので」

あっけらかんと返され、さしものロイドも絶句する。

（……なんてことだ）

さすがに表情が強張《こわば》りかけるも、すかさず驚きのそれへと変え、「まさかご本人とは」と告げる。

「ちち　しりあい？」

アーニャがロイドの上着をくいくいっと引っ張る。

「――いや。でも、ものすごく有名な画家さんなんだよ」

ロイドが内心の動揺を隠してアーニャの問いに答えていると、

「では、ボクは準備を始めますので、皆さんはどうぞ自由にしていてください」

フェリックスがそう言って芝生の上にイーゼルを立て始めた。

アーニャがそんなフェリックスをのぞきこみ、

「ひょろひょろ　ものすごく　ゆうめいな　がか？」

勝手に失礼なあだ名までつけて、尋ねている。

「そんなことはありませんよ。普通です」

「おくまんちょうじゃ？」

「いえ。頂いたお金のほとんどは美術学校などに寄付しています。絵にはお金がかかります。ボクは沢山の若い人にお金を気にせず、自由に絵を描いてもらいたいのです」

フェリックスが少女の問いに、一々生真面目《きまじめ》に答えている。

素晴らしい心意気である。もし、それが本当ならばこのフェリックスという男は相当な人徳者だ。そんな人間の頼みを——しかも、一度は受けておいて断るようなことがあれば、あっという間にフォージャー家の悪評が広まってしまいかねない。

ロイドが更に退路を断たれた思いでいると、

「……あのぉ、ロイドさん」

ヨルが小声で話しかけてきた。

「フェリックスさんは、そんなに有名な方なんですか？　私、てっきり学生さんだとばかり思っていたのですが」

「——ええ」

とロイドの方も声を落として答える。

「いわゆる時の人ですよ。透明絵具を使って、まるで写真のようにリアルな写実画を描くことで知られる稀代《きだい》の画家です。美術館で彼の作品を見たことありますが、びっくりするほど精巧でした。とある美術評論家が『彼はあらゆるキャンバスをカメラのレンズに変える』と感嘆していたぐらいです」

ヨルに説明しながら、ロイドは自分自身もその内容を噛《か》みしめる。

そう。それが問題なのだ。

一見して、写真と変わらぬほどそっくりに描かれた自分たち家族の絵が、まかり間違って、美術館に飾られでもしたら――。

(最悪だ……)

それだけは、なんとしてでも避けなければならない、とロイドが思っていると、

「ユーリと同じぐらいに見えるのに、すごいです」

ニコニコと感心していたヨルが、ふと眉をひそめた。そして、おずおずと尋ねてきた。

「えっと……いくら有名な画家の方が描かれたからといって、私たちがモデルになった絵が美術館に飾られるということは……ないですよね？」

「並の画家であれば、そうでしょうが」

ロイドが慎重に答える。

「彼の場合、ほんのラフ画でも欲しがる人はごまんといます。それが本格的な作品となると……」

そう告げると、見る見るヨルの顔から血の気が抜けていった。

というのも、ご存じの通り――ロイドは知る由もないが――彼女は〈いばら姫《ひめ》〉の暗号《コード》名《ネーム》を持つ殺し屋である。

これまで、いばら姫の顔を見て生き延びた者はいない。

――が、万に一つということもある。

何かの手違いで殺し損ねた人間が美術館でフェリックスの描いた絵を見て、いばら姫に夫と娘がいることを知ったとして、ロイドやアーニャに危険が及ばないとも限らない。

そう考え、青ざめたのだ。

(ど、どうしたらいいのでしょうか？　とはいえ、本当の理由が話せない限り、一度、引き受けてしまったことを断るのは不自然ですし……ここは、なんとしても顔を描かれないようにするのです！　ヨル！)

無い知恵を必死にしぼった末、その結論に至ったヨルであったのだが――。


「ヨルさん？　どうかされたんですか？」

そんな彼女の事情を知らぬロイドは、いきなり青ざめた顔で押し黙ってしまったヨルを案じ、気遣うように呼びかけた。

「具合でも悪いんですか？」

「いいえ、私は至って元気いっぱいです！」

にっこりと答えたヨルの笑顔は明らかに強張っている。

「でも、すごい汗ですよ？」

「う、え……えっと、とても暑くて」

そう言って、ヨルが羽織っていたニットパーカーを脱ぐ。だが、生憎《あいにく》その下は薄手のノースリーブであった。

吹きつけた風が思いの外、寒かったらしく、ヨルが大きなくしゃみをする。

「どちらかというと風が肌寒いような……ヨルさんもそれを見越して、ブランケットを持ってきてくれたはずですよね？」

「いいえ、私の勘違いでした。今日はとても暑いです！」

ガチガチと震えながら、それでも堅固な笑顔で答えるヨルに、それ以上、しつこく追及するのは憚《はばか》られた。

『どうしたんだ、ヨルさん？』

急に挙動不審になった妻にロイドが困惑する。

『前後の会話から推測するに、学生の絵のモデルになるのはかまわないが、さすがに美術

館に飾られるのは嫌だということだろうか』

それならば、ロイドと同じわけだが……。

『スパイであるオレと違って、ヨルさんにそこまで嫌がる理由はないはず――いや、待て。ヨルさんの勤め先は堅い市役所だ』

確かに、有名画家のモデルになって顔が知られでもしたら、何かと面倒だろう。中には、税金で給与をもらっているくせに浮ついた真似《まね》をして、などと不条理なことを言ってくる輩《やから》がいないとも限らない。

少なくとも同僚たちからいらぬやっかみを買うだろう。

あるいは、それを心配しているのかもしれない。

『確かに、ヨルさんと同僚の関係ってなんか、アレだもんな……なんというか、うん。なるほど、そういうことか』

ヨルの不可解な行動の理由に思い至ったロイドが、うんうん、と肯いていると、

「ちち　まとはずれ」

「？」

いつの間にか側《そば》で自分を見上げていたアーニャがボソリとつぶやいた。相変わらず、唐突にわけのわからないことを言う。ロイドが片眉を上げ、

「どうした？　何が的外れなんだ？」

そう尋ねると、

「なんでもない」

アーニャはどこか慌てたようにそう答えた。

いつもながら不可解な娘にロイドが小首を傾《かし》げていると、フェリックスがイーゼルの設置を終えて言った。

「では、そろそろお願いします」

するとヨルがおずおずと片手を上げ、

「ちょっと、そこのお手洗いに行ってきても、よろしいでしょうか？」

「もちろんです。どうぞ行ってきてください」

「では、失礼します」

フェリックスの了承をとった途端、ヨルが凄《すさ》まじい速さでトイレへと駆け出していく。

その勢いに圧倒された三人と一匹が、ヨルの後ろ姿を唖然《あぜん》と見送る。

「お母さんは陸上選手か何かなんですか？」

「はは　は　こ――こ　こうきょうのしせつで　はたらいている」

「公共の施設ですか。難しい言葉を知っていますね。えらいです」

「え　えへへ」

「ボフッ」

　アーニャらの会話を耳の端で聞きながら、ロイドは気の抜けた思いでいた。

『**なんだ。トイレを我慢してただけか……**』

　絵に描かれたくない云々《うんぬん》は単に自分の考えすぎで、ずっと外にいたせいで冷えたのかもしれない。

　戻ってきたらさりげなく上着を羽織らせてあげよう、それともブランケットの方がいいだろうか、などと考えていると、アーニャがまたしてもこちらを見ていた。しかも、その眼差しはどこか哀れみを込めたような生温かいものに思えたが、ロイドがそちらを向くと、アーニャはすでにフェリックスと共にボンドの毛並みを整えていた。

◉

――数分後、

「おまたせいたしました」

という声と共にヨルが戻ってきた。

その声音はすっかりいつもの彼女だ。

ほっとしたロイドが、

「早かったですね。ヨルさ――ヨルさあああん!?」

穏やかな笑顔でヨルを迎える……はずが、思わず叫び声を上げてしまった。

というのも、ヨルの艶やかな黒髪がすべて前髪《まえがみ》と化して、その顔を覆い尽くしていたからである。それだけでなく、顎《あご》から下の髪は首にぐるぐると、まるでマフラーのように巻きつけてある。

「ど、どうかされましたか？　ロイドさん？」

視界が遮られているせいか、前かがみの恰好《かっこう》で両手を前へつき出したヨルが、小刻みに近づいてくる。

「ひぎゃあああ!!　おばけぇ!」

「ボボボフッ！」

恐怖に震えたアーニャが泣き出し、ボンドも尻尾《しっぽ》を丸めて震えている。そんな一人と一匹の身をお化け当人がオロオロと案じる。

「ええ？　お、お化けがいるんですか？　ア、アーニャさん、ボンドさん、大丈夫ですか？」

（ヨルさんこそ、大丈夫ですか⁉）

と言いたい気持ちをぐっと堪《こら》えたロイドが、

「あの、ヨルさん。その髪型はどうされたんですか？」

と努めて冷静に尋ねる。

「え？　いえ、あの……これはカ、カミラさんから聞いた最近、流行《はやり》の髪型です。せっかくなので試してみようかと」

「その髪型が、流行なんですか？」

「は、はい！」

わずかに詰まったものの、ヨルがきっぱりと答える。

「どうせでしたら、最新の髪型で描いていただこうと思ったのですが、へ、変でしょうか？」

「……う……変というわけでは」

ロイドが口ごもる。

聞かれるまでもなく変だ。だが、仮に――心底、ありえないが――ヨルが本気でこの髪型を良いと思っている場合、彼女の心を傷つけてしまう恐れがある。

（やはり、トイレは言い訳で、顔を描かれまいとしているのか？　それとも、本当にその髪型をおしゃれだと思っているのか？）

ロイドがその本心を見極めようと、前髪お化けと化した妻をまじまじと見つめる。

（く……わからん。どっちなんだ）

平和な休日の公園の一角に言い知れぬ緊張が走る中、フェリックスが平坦な声で、

「えっと、その髪型も斬新でいいと思いますが、色合い的に全体が暗くなってしまうので、前の方がいいと思います」

そう告げたため、ロイドはそれ以上悩むことなく、ヨルの髪型は元に戻されることとなった。

「ヨルさん、残念でしたね」

「……は、はい」

◉

画家からの要望で元へ戻ったヨルは、見るからに意気消沈していた。相変わらず顔色も悪い。

フェリックスに指示されるままレジャーシートの上に親子三人で座り、横の芝生ではボンドが気持ちよさそうに眠っている。

「自然な感じがいいので、普通にしゃべったりしていてください。少しぐらい動くのは全然、かまいませんので」

そんな風に言って、フェリックスがキャンバスに鉛筆を走らせる。

「アーニャ　おなかへった」

そう言ってアーニャがサンドイッチを手に取ると、

「んまんま」

と食べ始めた。

（さすがにそれは自由すぎないか？）

と思ったが、フェリックスが何も言わないところからすると、オッケーなのだろう。

すっかり冷たくなった風に再び、ヨルが小さくくしゃみをする。ぶるりと震えているところを見るに、さすがに薄手のノースリーブでは寒いのだろう。

「ヨルさん、やっぱり上着を羽織った方がいいと思いますよ。だいぶ、冷えてきましたから」

ロイドが先程脱ぎ捨てられた前ボタンのニットパーカーをヨルに手わたす。

「風邪《かぜ》を引いたら大変ですよ？」

「――あ、はい……ありがとうございます」

ヨルは大人しくそれを受け取ると、ふとその目を細めた。そして、直後、パーカーの前と後ろを逆に羽織り、顔全体をフードで覆った。

（えっ……？）

そのまま平然と座っているヨルに、

（えええ!?）

ロイドがたじろぐ。

「ヨ、ヨルさん？」

「はい。ロイドさん。とても、あたたかいです」

ヨルがしゃべる度に口の部分のニット生地がもごもごと動く。

「確かに風が冷たくなってきましたね」

「…………」

さすがにサンドイッチを食べる手を止めたアーニャも、無言でその奇怪な姿を見つめ、ごくりと生唾《なまつば》を飲みこんだ。

デッサンに集中しすぎてヨルの奇行が目に入っていないのか、フェリックスは何も言わない。

仕方なく、ロイドが内心の動揺を隠しつつ、

「前と後ろが逆になってしまってますよ」

そう指摘すると、

「…………すみません……うっかりしておりました」

ヨルが無念そうにパーカーを脱いだ。普通に羽織り直すと、再び、しょんぼりと項垂《うなだ》れた。

レジャーシートの上になんとも気まずい沈黙が落ちる。

その時、強い風が吹いた。シートの端が宙に舞い、パタパタと音を立てる。アーニャが

ふぎゃっと叫んだ。

「めに　ごみはいった」

「アーニャさん、こすったらダメですよ。痛くなっちゃいますから」

アーニャが指でまぶたをごしごしこすろうとするのを、ヨルが慌てて止めた。

「そっと目を開けて、上を見てパチパチしてみてください」

ヨルに言われるまま、何度も瞬きをしていたアーニャが、パッと笑顔になる。

「とれた！」

「よかったです」

ヨルがほっとしたように肯く。そして、ふと何かに気づいたように押し黙った。

かと思えば、

「……そういえば、前にミリーさんが見せてくださった雑誌のメイク特集にも、目は一番印象が変わると書いてありました……」

何やら小声でぶつぶつと言っている。その顔は真剣極まりなく、鬼気迫る迫力すらあった。

「ちち　はは　へん」

アーニャがこそっとささやいてくる。

「さっきも　ぱーかーおばけになってた」

ロイドが肯こうにも肯けずにいると、唐突にヨルが「ああ！」と叫んだ。

「強い風が！　私も目にゴミが入ってしまいました！」

凄まじい棒読みでそう言うと、ぎゅっと目を瞑《つむ》る。

因《ちな》みに、風はまるで吹いていていない。

「困りました……これはずっと、家に戻る頃まで目が開けられなさそうです」

「…………」

驚くほどの大根芝居に、アーニャの顔が能面のそれのようになる。ロイドも同じような顔になりかけたが、このまま放置しておくわけにもいかない。

「えっと……大丈夫ですか？　ヨルさん」

やさしくそう言って、向かいに座るヨルへと身を乗り出す。

「見せてみてください」

ほっそりとした顎に触れ、顔をのぞきこむと、ビクッと震えたヨルが驚いたように目を開けた。

「あ、あわわ……」

「痛いですか？」

「あ、いいい痛く……は――」

「じっとしててください」

　そうささやき、顔を近づけると、

「いやあああーーーーーーーーーーーーーーーーっ!!」

「っ!?」

　絶叫と共に、ロイドの上半身をヨルの両手が全力で突き飛ばした。

　ロイドが空中で身をよじり着地した場所は、レジャーシートから数メートル離れた先の芝生で、周囲からは「おおーっ」と拍手がもれ、フェリックスには「さすがに、今のはちょっと動きが大きすぎます」とやんわり窘《たしな》められたのだった――。

◉

「今日は長い間、おつきあいいただいて、本当にありがとうございました。皆さんのおかげで、新しい道に踏み出せた気がします」

「……いえ、こちらこそドタバタしてしまって」

黒いゴミ袋を手に深々と頭を下げてくるフェリックスに、ロイドが疲れた顔を見せぬよう笑顔で応じる。

公園内はだいぶ人が少なくなり、西の空がすっかり茜色《あかねいろ》に染まっている。

結局、ヨルの奇怪な行動はアレ以後も続き、首を真後ろに向け『寝違えた』と言い張ったり、百面相をして見せたりと、それに振りまわされたロイドはくたくただった。

ヨル本人も疲れたようで、あたかも、抜け殻のようだ。

アーニャは絵を描かれている最中に眠ってしまい、今もロイドの腕《うで》の中で気持ちよさそうな寝息を立てている。元気なのは、ボンドぐらいだ。

ロイドが、自分たちのせいで——というより、ほぼヨル一人のせいなのだが——色塗りまでいかなかったことを詫《わ》びると、

「いえ。皆さんの色はもう頭の中に入っていますから。これから帰って、家で塗ります」

「そうでしたか。それは何よりです」

フェリックスの言葉にロイドが曖昧《あいまい》に肯く。

未完成の絵に完璧主義の画家が難色を示しお蔵入り——ということもありえるのでは、と思っていただけに残念だった。

できあがった絵を見せたいので、一週間後、この場所に来て欲しいというフェリックス

と別れ、帰路に就く。

これからスーパーによって食事を作る気力は失《う》せていた。かといって、食事に行くような気分でもない。

「なんだか疲れてしまったので、夕食はデリバリーでもいいですか？」

「え、あ……はい。もちろんです」

悄然《しょうぜん》ととなりを歩いていたヨルが、半ば上《うわ》の空で答える。ロイドは精一杯、妻の気分を盛り上げようと明るい声で言った。

「ピザなんてどうです？　職場の同僚に美味《うま》い店ができたと聞いたので」

「え？　あ、はい。良いと思います。私も丁度……ステーキを食べたかったので」

（ん？　どういうことだ？　ステーキののったピザにしろってことだろうか？）

なくはないだろうが、はたしてその店にあるだろうか、と考えつつも、

「疲れた時はやっぱり肉ですよね」

そう話を合わせると、

「ええ……疲れた時には甘い物が一番です」

という答えが返ってくる。

「えっと、食後にケーキでも買って帰りましょうか？」

「ええ。アーニャさんも寝ちゃってますし、バスで帰るのが一番だと思います」

「…………」

微妙に会話が噛み合わない。

何より死んだ魚のような目が気になる。

（やっぱり、絵に描かれたくなかったのか）

それであの奇行の数々だったのならば、すべてが無駄に終わった今、さぞや深い徒労感に苛《さいな》まれていることだろう。

ロイドがとなりを歩くヨルを盗み見、胸の中で意気消沈する妻に『大丈夫ですよ。ヨルさん』と告げる。

（口に出して伝えてあげることはできませんが、ボクらの絵が美術館に飾られることはありませんから）

そんなことは、この黄昏がさせない。

ロイドはアーニャを抱え直すと、ボンドのリードを引いて歩きながら、頭の中で善後策を講じた。

現段階で考えられる最も穏便な方法とすれば、一週間後、できあがった絵が気に入ったふりをし、組織の経費で購入することだが、これぱかりは幾らになるか想像もつかない。

何より、一介の精神科医にすぎないロイドがそんな大金をポンと出したら、それはそれで怪しまれるだろう。

ならば、やや物騒にはなるが、残された道は一つしかない。

フェリックスの家に忍びこみ、空き巣のふりをしてできあがった絵を盗み出す。

やはり、それが一番現実的か。

そうと決まれば後は実行に移すだけなのだが……。

(やれやれ、どうしてこんなことになってしまったんだ)

まさか、家族で公園に来ただけで、スパイ生命を脅かされるような事態に陥ろうとは――。

(今日は厄日か何かか？)

最近、胃薬の手放せない敏腕《びんわん》スパイは、そっとため息を吐いた。

「——で、いきなりフェリックス・カーティスの家を調べてくれなんて、妙な依頼をしてきたわけね」

売店の店先で、馴染《なじ》みの情報屋であるフランキーが、納得したとばかりに鼻を鳴らす。

「よくよく、変なことに巻きこまれるね。おまえも」

「ああ。とんだ災難だ」

「オレはまた、有名画家が陰で活動家でもやってるのかと思ったぜ」

「その方が、よっぽど楽だったな」

ロイドが浅く笑う。

いっそ、フェリックスが東西の国交断絶を望むテロリストで、そのために西のスパイである〈黄昏〉に接触してきたのであれば、いかようにも対処のしようがあった。

だが、フェリックスはどこまでも善良な画家だった。

そう、善良であるがゆえに、こんなことになってしまったのだ。

「ほらよ。頼まれてた住所」

「ああ。助かる」

　フランキーからわたされた紙には、あの公園から程近い場所にあるアパートメントの住所が書かれていた。

「防犯システムは？」

「はっきり言って、ザルだね。どうして超金持ちのはずの人間がこんなボロアパートに住んでるのかと思いたくなるような代物《しろもの》だよ」

　どうやら、もうけのほとんどを未来の画家育成に費やしているというのは、事実だったようだ。

　ロイドが紙をさりげなくポケットにしまう。

　あたかもタバコ代のように情報料をスタンドに置き、

「じゃあ、またな」

　と立ち去ろうとするロイドを、

「まあ、待てよ」

　とフランキーが引き留める。

「なんだ？　オレはおまえと違って忙しいんだぞ」

「つれないこと言うなよ。ついでにソイツのこともちょっと調べてみたんだけど、たぶん、おまえが心配してるようなことにはならないと思うぜ？」

そう言うと、別の紙をチラつかせた。

「どういうことだ？」

眉をひそめたロイドが紙に手を伸ばすと、フランキーがひょいとそれを持ち上げた。

「こっからは別料金」

「あこぎな真似をするな」

そう言って、ロイドがフランキーの手から四つに折り畳まれた紙を素早く取り上げる。

「あ！　卑怯《ひきょう》だぞ!!」

「別料金を払うかは、内容を見て決める」

「どっちがあこぎだよ！」

憤慨するフランキーを無視し、紙面に目を通す。

そして、軽く両目を瞠《みは》ると、

（……そういうことだったのか）

思わず笑い出しそうになってしまった。

「何？　キモチ悪い」

「いや。おまえの言う通りだよ」

「だろ？」

「ああ、もっと早く気づくべきだった」

ロイドがフッと微笑《ほほえ》み、追加の料金をスタンドの上に置く。

あの日、公園で出会った画家の男の頭から油絵具《テレピン》の匂いがした理由が、ようやくわかった。

◉

一週間後、公園の同じ場所で待っていたフェリックスに見せてもらった絵は、とてつもなく独創的かつ大胆なタッチで描かれた家族の肖像だった。写真のように精巧どころか、見ようによっては、子供の落書きのようにも見える。

「これ　じゃがいも？」

「いえ、それはボンドさんです」

「これは　たぶん　えび」

「すみません……そちらはロイドさんです」

ずっと水彩画でやってきたので、油絵具の扱いにはまだ慣れてなくって、と人の好い画家は恥ずかしそうに告げた。だが、とてもうれしそうな、清々《すがすが》しい表情をしていた。

「皆さんのおかげで、心の底から楽しんで絵を描けました。本当にありがとうございました」

ロイドは、忍びこんだ折にすでに見ている絵をもう一度、まじまじと眺める。

写実画で一世を風靡《ふうび》する画家が、スランプの果てに描き上げた初めての抽象画——。

それにどれほどの値がつくのか、それとも評価されずに終わるのか、誰にもわからない。

だが、少なくともこの絵ならば、たとえ美術館に飾られようとも任務に仔細《しさい》ないことだけは確かだった。

◉

「なんだか、お腹が空いてきちゃいましたね。ロイドさん、今日の夕飯は私が作ります!」

「え!? あ、では、お願いします……」

にっこりと宣言するヨルに、ロイドが当惑しつつも肯く。

「では、このままスーパーへ寄って帰りましょう」

ヨルはそう言うと、弾むような足取りで公園の出口へと向かった。フェリックスの絵を見て以降、彼女の機嫌は、はっきりと良くなっていた。

この一週間はひたすら暗く沈んでいただけに、久しぶりに見る明るい表情にロイドはほっとしていた。

「なんでも食べたい物を言ってくださいね」

ニコニコと言うヨルとは逆に、明らかにテンションの下がったアーニャが、

「……アーニャ　あんまりおなかへってない」

と予防線を張る。ロイドは、

「あとで、なんでも好きな菓子を買ってやるから」

とすかさず小声でなだめた。すべては円満な家庭のため。ひいては任務のためである。

「ヨルさんの料理の腕だって日に日に進歩してるだろう? 大丈夫だ」

「じゃあ　ちち　どくみやく」

ヨルは二人のそんなやりとりなどつゆ知らず、

「やっぱり、牛肉がいいですかね……それとも、鴨《かも》を丸ごと買いましょうか。豚の塩漬けも……」

鼻歌交じりに今夜の献立を考えている。

やれやれ、とロイドは苦笑した。

(仮に彼の作風が大幅に変わっていなかったとしても、オレが盗み出して終わりだったんだが)

まあ、そんなことをヨルが知るはずもないわけで、この一週間の彼女は本当に気の毒だった。

(また、デートにでも誘ってみるか。いや、また顎を蹴り飛ばされても困るな。ここは家族で何か美味い物でも食べに行くか)

そんなことを考えつつも、何はともあれ、この一連の騒動が無事収まったことに、安堵《あんど》のため息をもらす。

『**それにしても、なんとも言えない絵だったな……**』

じゃがいものようなボンドはともかく、ロイドなどアーニャに海老《えび》と間違えられていた。

だが、その一方で写真のように美しい絵を描いていた時にはなかった何かが、あの絵には込められていたようにも思う。だが、それが何かはロイドにもわからない。

すると、アーニャが唐突に、

「アーニャ　あのえ　すき」

と告げた。

子供らしい遠慮のなさで、

「へたっぴだけど　なんかあったかいとこがいい」

「…………」

それにふっと、わからなかった何かがわかったような気がした。

素晴らしい技巧を駆使した写真のように精巧な絵にはなかった、大切なもの。それを見つけられたからこそその笑顔をフェリックスは浮かべていたのだろう。

ロイドが脳裏に画家の幸せそうな笑顔を思い出していると、

「ふふふ。本当に、素敵な絵でしたね」

ヨルがアーニャの言葉に肯いた。

「あの方の目には、私たちがあんな風に幸せに映っていたんだなって思うと、なんだかとてもうれしいです……」

そう言ってはにかんだように笑う彼女に、ロイドも笑顔で「――そうですね」と言った。

なんのことはない。

あくまでこの仮初の家族の平穏のために話を合わせただけだ。

家族の言葉に同意したのは、ロイド・フォージャーというこの任務のために作り上げられた存在であって、黄昏本人ではない。

だが、その心の中は自分でも驚くほど穏やかに凪《な》いでいた。丁度、今日のこの青空のように――。

「ボクもとてもいい絵だと思います」

自然とそんな言葉が続く。ボンドが賛同するように、

「ボフッ」

と吠《ほ》えた。

それに、

「ボンドもすきだって」

とアーニャが笑う。

そんな娘の姿を見て、ヨルがやわらかく微笑む。

青い空の下、ロイドの頬《ほお》にも、決して偽りだけでない微笑みが浮かんでいた。

SHORT NOVEL

東国《オスタニア》の首都バーリントにあるとあるレストラン。

そこまで高級すぎず、それでいてオシャレで、厳選された食材をふんだんに使ったシェフの創作料理と居心地の良さが人気なこの店のウエイトレス、リリーは絶賛婚活中だった。


「……でも、結婚ってそんなにいいものかしら？」


またしてもお見合い相手から断られてしまったリリーは、ふくれっ面で開店前のテーブルセッティングをしながら、同僚のローズにこぼした。

「アンタ、またフラれたからって負け惜しみ言ってる場合？　そろそろ、本腰《ほんごし》入れてがんばらないと、後がないわよ」

「フ、フラれたんじゃないもん！　お互いの価値観が合わなかっただけ！　自分は結婚秒読みの彼氏がいるからって、バカにして！」

リリーはムキになって言うと、はあっとため息を吐《つ》いた。

「もう私、婚活止《や》める！　一人でいい！　一人で生きていく！」

リリーが悲しみと行き場のない苛立《いらだ》ちを込め、折っていたナプキンをくしゃくしゃにして、年上のローズに「こら」と叱《しか》られる。その上、少しは現実を見なさいと説教され、リリーは頬《ほお》を膨らませて訴えた。

「でも、うちにくる家族連れ見てても、ちっとも幸せそうじゃないんだもん」

「うーん……まあ、確かに、それはそうね」

「ほら、あのやたら子供に口うるさく怒ってるわりに、自分たちの食事マナーが最悪の夫婦とかさ」

ナプキンを折り直しながらリリーが実際に店で見たお客を例に挙げると、

「あー、あれは嫌よね」

見苦しい、とローズが顔をしかめる。そして、

「そういや、食事中、ずっとケンカしてる新婚夫婦とかいたわね。家でやれよ」

一輪挿しをテーブルの真ん中に設置しながら、自身もとある客を引き合いに出してきた。

それに勢いづいたリリーが、

「ねえねえ。旦那さんが一々文句つけてきた老夫婦、覚えてる？」

「覚えてる。覚えてる」

「やれ料理がぬるいとか、出すのが遅いとか、飾ってある絵が古臭いとか、テーブルクロスにしわがよってるとかさ。旦那が支配人に文句言ってる間中、あの奥さん、この場から消えてしまいたいみたいな顔で小さくなってて、気の毒だったなぁ。あの旦那、きっと家でもずっとあんな感じだよね」

「息が詰まるわね」

想像したのかローズが眉間《みけん》に深いしわを寄せる。そればかりか、ああ嫌だと身震いする。

「まあ、結婚＝幸せじゃないってことね」

「そうそう」

それからも二人でさんざ不幸な結婚をしたであろう客の話で盛り上がり、最後にリリーはぽっちゃりとした肩《かた》を落とした。

「あーあ……こうやって見ると、あれね。結婚は人生の墓場って言葉。あれが現実なのかも」

「あ、でも、ほら。あの家族は？」

ローズがシルバーの向きを直しながら言う。

「あの家族？」

「ほら、アンタが旦那さんのことすごいタイプだって言ってた」

「ああ！　ホ、ホ、ホーなんとか様！」

「フォージャー様よ。いつも、ちゃんと予約してから来店してくれるじゃない」

　ローズの言葉にリリーは、

「そうそう、フォージャー様ね」

　と大きく肯《うなず》いてみせた。

　フォージャー一家は父母娘の三人家族。一目で上流階級とわかる家族だが、それをまったく鼻にかけず、気さくで、礼儀正しく、店の者にも親切でやさしい。

　背が高く笑顔のやわらかいフォージャー様はよく見ると相当なイケメンで、リリーのもろタイプだったが、その妻の女性が、一見、地味ながら、やはりよく見ると整った顔立ちでスタイル抜群、しかも出す料理を間違えたリリーにとてもやさしく、しかも失敗したこちらの気持ちまで気遣ってくれたので、これはとてもかなわない、と胸《むね》の中であっさり白旗を揚げたのだった。よく覚えている。

「美形の旦那さんに美人の奥さん、その上、子供がめちゃくちゃ可愛《かわい》いんだよねぇ」

　リリーは近くのテーブルのクロスのしわを伸ばしながら、ため息を吐いた。

　四歳ぐらいだろうか？　ちょっと舌ったらずなしゃべり方や、子供らしくころころ変わる表情を思い出すと、母性とは程遠いリリーでさえキュンキュンしてしまう。

「実は、ちょっと前に市内の動物園であの家族を見かけたことがあるんだけど――」

「ああ、アンタが十二人目の婚活相手とデートした時？　見事に玉砕したのよね」

「言わないで！　その時、旦那さんが娘さんを肩車してキリンを見ててね。興奮した娘さんがキリンの頭の動きを真似《まね》してめっちゃぐらぐらしたの。そしたら、旦那さんが『こら、危ないだろ』って苦笑いしながら叱って――でも、絶対に娘さんを落とさないよう、がっちり抱えてて、奥さんがそれを微笑《ほほえ》ましそうに眺めてたんだよねぇ」

なんか、幸せな家族映画のワンシーンのようだった。

婚活相手との会話があまりにも弾んでいなかったのもあり、ふと涙が出そうになったのを覚えている。

ああ、幸せそうだな。ああ、いいな。

そんな風に素直に思える光景だった。

リリーが内心感傷に浸っていると、

「あの旦那さんって、お医者さんらしいわよ」

ローズが思い出したように言った。

「そうなんだ！　ああ、ますますうらやましい……てか、なんで、知ってるの？」

「料理を運んでる時に会話が聞こえてきたの。因《ちな》みに、奥さんは市役所の職員さんで、子供はイーデン校の生徒。理想の家族よね」

「ええ⁉　あの子が？　あのちびっこが、超々々々名門校の生徒なの⁉　あの子、頭良いの⁉　てか、アンタどうしてそこまで知ってんの？　スパイ⁉」

リリーが同僚の情報収集力に文字通り舌を巻く。

「何言ってんのよ。ウエイトレスの楽しみなんて、これぐらいじゃない」

テーブルセッティングを終えたローズがすまして答える。「そういえば、今日、フォージャー様の予約入ってたわね」

「うー……お医者さんの旦那さんに市役所でバリバリ働いてる奥さんに、イーデン生の娘かぁ……」

まさに絵に描いたように幸せな家庭だ。

きっと、素敵な家に住み、愛と安らぎに満ちた日々を送っているのだろう。

そのまばゆい姿を想像し、ぎゅっと目を瞑《つむ》る。リリーの目には眩《まぶ》しすぎた。

「そういえば、大きな犬も飼ってるらしいわよ。アンタ、犬派でしょ？」

「大きな犬まで⁉」

うらやましさのあまり、その場に倒れそうになったリリーを見て、

「どう？　結婚したくなってきたでしょ？」

ローズが茶化すように言う。

リリーはエプロンの裾を両手で握りしめると、

「ローズ！　決めた！　私、これからも婚活死ぬ気でがんばる!!」

涙目でそう叫んだのだった……。


——だが、彼女たちは知らない。


絵に描いたように幸せだと思っている理想の家族が、実はまったくの他人が寄せ集まった、偽りの家族であることを——。

そして、当のフォージャー一家もまた、自分たち疑似家族の存在が、東国の婚姻率引き上げに貢献したことなど、知る由もなかった。

あとがき

SPY×FAMILY《スパイファミリー》小説版、「家族の肖像」をお手に取って頂きありがとうございます。

JBOOKSさまとはご縁があって何度か一緒にお仕事をさせて頂いたのですが、まさか自分の作品をノベライズして頂ける日が来るとは思いませんでした。

嬉しい反面、「自分が作ったキャラクターを他の方が動かす」という初めての経験に不安もありましたが、そんな心配をよそに矢島《やじま》先生がとても素敵な物語たちを紡ぎ上げてくれました。

僕のお気に入りは第2章です。アーニャとユーリの軽妙な会話やドタバタに思わず笑ってしまいました。第3章のロイドとフランキーのやりとりも好きです。文字だけで描

かれた登場人物たちは生き生きとしてて情景が浮かびやすく、
挿絵もとてもすんなり描けました。
（4章の絵画だけは僕の乏しいセンスでは表現できず、イメー
ジ映像っぽくして逃げましたすみません）

読者のみなさまも、小説ならではのファミリーのドタバタ
コメディを（ついでに挿絵も）楽しんで頂けましたら幸いです。

遠藤達哉

あとがき

『SPY×FAMILY《スパイファミリー》』のコミカルさ、それでいて、そこはかとなく漂う不穏さ、冷戦時代のヨーロッパを思わせる優美さと仄暗《ほのぐら》さに満ちた世界観、映画のように印象的なシーン、心を鷲《わし》づかみにされるようなモノローグ、爽快なアクション、愛すべき登場人物、どれもめちゃくちゃ大好きです。出来ることなら、イーデン校の事務員になりたいです。もしくは、バーリントの住人になって、大好きな皆を日々見守りたいです。

遠藤《えんどう》先生、連載でお忙しい中、ばっちり監修して下さったばかりか、素晴らしいイラストの数々、本当にありがとうございました……！『TISTA《ティスタ》』の頃から大ファンな先生のイラストを拝見出来……そのあまりの美しさ、愛らしさに涙が出ました。

担当の六郷《ろくごう》様、中本《なかもと》様、お世話になりました。まさに悩んだ時の担当さん頼みで、ことあるごとに頼らせて頂きました。デビュー以来あたたかく見守って下さっているJBOOKS編集部の皆様、ジャンプ＋担当の林《りん》様、校正をご担当下さった株式会社ナートの塩谷《しおたに》様、この本の制作・出版に携わって下さった沢山の方々、そして、本書をお読み下さった皆様一人一人に、心からの感謝を贈ります。ありがとうございました。

今後も一緒に『SPY×FAMILY』を心ゆくまで堪能しましょう！

矢島 綾

■初出
SPY × FAMILY　家族の肖像　書き下ろし

[SPY × FAMILY] 家族の肖像

2021年 7月 7日　第1刷発行
2022年 5月 31日　第4刷発行

著　者／遠藤達哉 ◉ 矢島綾

装　丁／シマダヒデアキ・荒川絵利 [L.S.D.]

編集協力／中本良之　株式会社ナート　柳田かな子 [由木デザイン]

担当編集／六郷祐介

編集人／千葉佳余

発行者／瓶子吉久

発行所／株式会社 集英社

〒101-8050　東京都千代田区一ツ橋 2-5-10
TEL 03-3230-6297(編集部)
03-3230-6080(読者係)
03-3230-6393(販売部・書店専用)

印刷所／共同印刷株式会社

Printed in Japan　ISBN978-4-08-703512-4 C0293

JUMP j BOOKS：http://j-books.shueisha.co.jp/

本書のご意見・ご感想はこちらまで！

http://j-books.shueisha.co.jp/enquete/